FANTASMAS

DANIEL MUNDURUKU

FANTASMAS

1ª edição

EDITORA RECORD
RIO DE JANEIRO • SÃO PAULO
2025

CIP-BRASIL. CATALOGAÇÃO NA PUBLICAÇÃO
SINDICATO NACIONAL DOS EDITORES DE LIVROS, RJ

M928f Munduruku, Daniel
Fantasmas / Daniel Munduruku. - 1. ed. - Rio de Janeiro : Record, 2025.

ISBN 978-85-01-92434-6

1. Ficção brasileira. I. Título.

25-99164.0 CDD: B869.3
CDU: 82-3(81)

Gabriela Faray Ferreira Lopes - Bibliotecária - CRB-7/6643

Texto revisado segundo o Acordo Ortográfico da Língua Portuguesa de 1990.

Direitos exclusivos desta edição reservados pela
EDITORA RECORD LTDA.
Rua Argentina, 171 – Rio de Janeiro, RJ – 20921-380 – Tel.: (21) 2585-2000.

Impresso no Brasil

ISBN 978-85-01-92434-6

Ao "índio do buraco", parente que
me inspirou esta história.

Parte 1

> "Pareciam gente como eu, mas eram também como os macacos mais peludos da floresta."

A escrita para mim é algo relativamente novo. Quer dizer, é muito novo. Tipo, novíssimo. Não estou me referindo a essa escrita que o senhor chama de oficial, não. Espero que me entenda. Estou falando da simples escrita de caneta na mão, da escrita de escola. O senhor pode não acreditar, mas ainda hoje há muitos parentes que não sabem escrever conforme manda a lei. Analfabetos de pai e mãe, como se dizia antigamente. Escrever é coisa de gente sabida demais. Exige que a gente fique decifrando as letras e junte umas às outras, até formarem palavras que vão criando sentido.

Pode parecer estranho, mas isso de escrever é pura bestagem. É o que eu acho. Gente como a gente não carece dessas bestagens que vêm grafadas no papel. Não gosto nem de pensar que papel foi árvore um dia. Aliás, nem consigo entender direito como isso é possível: como a árvore que me dá frutos pode dar papel que vira livros? As palavras são frutos da escrita, mas ainda prefiro o gosto da fruta na minha boca!

O senhor não deve estar entendendo nada do que estou dizendo, né? O senhor deve estar acostumado com as palavras escritas e não com as faladas, certo? Não julgo mal o senhor, não. Sei que é estudado nas escolas graduadas do mundo e sabe ler as palavras. Eu nunca tive esse tipo de estudo e as coisas que sei passam pelos meus olhos, meus ouvidos, minhas mãos, meu nariz. Não sei nada de ciência, mas conheço bem o lugar por onde ando. Nunca fui pra escola porque tive precisão de não ir. Só sei usar a palavra falada porque essa eu não precisei aprender com ninguém. Aprendi sozinho ouvindo os que sabiam falar. Hoje sei falar direitinho e minhas palavras são compreendidas pelas pessoas que me escutam. O senhor está entendendo?

Quando eu nasci só tinha mato por toda esta terra. A cidade ficava longe, me diziam. Hoje nem sei quantos anos já vivi nesse lugar. Sei que são muitos, porque vi e me lembro de cada estação de cada ano que passou. Foram anos muito difíceis, meu senhor. Foram mesmo. Eu ainda era pequeno quando tivemos que mudar de lugar. Mudamos tantas vezes que conheci cada pedaço desse chão. O senhor não faz ideia de como nosso lugar é bonito, como é alegre a natureza da qual o senhor e eu fazemos parte! Sabe, eu ouvi muitas histórias desde que era criança pequena, outras eu vivi. Vivi mesmo, é a mais pura verdade. E se posso contá-las é porque ainda estão bem vivinhas na minha caixa de pensamento. Sei que o senhor pode nem acreditar, mas eu me lembro quando topei com os primeiros homens brancos. Topei não é modo de dizer, não. Topei mesmo. Eram como assombração. Dessas que a gente se assusta quando encontra porque não está esperando. O senhor está fazendo uma cara de assustado por quê? Não tá acreditando em mim? Deixa pra lá. Não me importa no que o senhor acredita. A verdade é que eu tinha doze anos de idade e já estava me preparando para ser adulto, conforme a tradição de meu povo. Nessas ocasiões, um menino como eu tem que andar no mato pra provar que é corajoso e trabalhador. Meninas da minha gente não namoram meninos covardes e preguiçosos. Elas querem os mais fortes, corajosos e espertos. Desses meninos que saem para caçar e só retornam para casa quando conseguem seu querer. Pois bem. Estava eu no mato com minha zarabatana, e a missão que me cabia era trazer alguns macacos pra casa. Macaco tem carne forte, cheia de sustança, e a gente ainda pode salgar para durar vários dias. O tempo não estava muito firme, não. O vento quente soprando do rio alertava que chuva ia despencar ao longo do dia. Não quis nem saber. Queria impressionar minha menina. Caminhei alguns quilômetros mata adentro, sempre atento aos mínimos sinais de presença dos macacos. Eu ouvia alguns bem distantes e perseguia seus gritos com cuidado e agilidade. De repente, os gritos sumiram. Apurei meus ouvidos e escutei vozes que vinham numa língua estranha, que eu não conhecia. Tratei de me esconder sob as raízes de uma enorme sumaumeira, que me acolheu sem reclamar. Foi então que eu vi. Eram as coisas mais estranhas que eu tinha visto na vida. Pareciam gente como eu, mas eram também como os macacos mais peludos da floresta. Cobriam o corpo com algo que parecia folha de árvore, mas não era bem isso. O senhor sabe que só depois eu descobri que aquilo se chamava roupa? Naquele momento, eu estava com medo, apavorado mesmo. Tentei contar quantos eram, mas me pareceu que eram muitos. Eles traziam uma arma misteriosa nas mãos e pareciam estar muito cansados. Minha sorte é que não andavam atentos e, por causa disso, passaram por mim sem se dar conta de que eu estava ali, morrendo de medo, porque eu, de verdade, não sabia se eram homens ou monstros. Depois descobri que eram as duas coisas juntas no mesmo corpo. O senhor me desculpe a sinceridade, mas as outras histórias que ouvi e vivi com pessoas iguais ao senhor nunca me deixaram dúvidas de que um mesmo corpo pode hospedar o bom e o ruim dentro dele.

Espero não cansar o senhor ao contar minha história. Me desculpe, mas é que eu não gosto de escrever as coisas que quero contar. Eu só sei contar mesmo. Mas fique à vontade se não quiser ouvir. Eu sempre falo a verdade. Meu pai e minha mãe me ensinaram a ser sincero. Eles me diziam que ser sincero é a melhor maneira de fazer amigos verdadeiros.

Bom, talvez o senhor queira saber como terminou esse meu primeiro encontro com eles, não é mesmo? Vou contar logo: depois que os homens passaram, eu saí do esconderijo e cismei de ir atrás deles. Foram para o lado contrário de minha aldeia, o que me deu alívio. Senti, dentro do meu coração amedrontado, que as aparições não eram coisas boas e que logo eu ouviria notícias delas. Isso tudo porque, em um dado momento, eles pararam, falaram alguma coisa entre si e dois começaram a brigar. Um deles puxou uma lança para ferir o outro, que se defendeu com um pau que cuspiu fogo. O outro caiu jorrando sangue. Houve um silêncio completo, para em seguida todos se levantarem e irem embora deixando o homem gritando de dor. Horrorizado com a cena, voltei correndo pra casa. Os macacos que eu fora caçar já não me interessavam mais, porque tinha novidades pra contar aos meus parentes. E também estava com medo. Corri até me cansar, porque não parei nenhuma vez. Cheguei esbaforido e fui logo tentando contar o que vi, mas meu corpo não aguentou a pressão e eu caí aos pés de meu pai, que não tinha entendido nada até aquele momento. Chamaram nosso curandeiro, que fez um chá para trazer o espírito de volta pro meu corpo. Olhe, eu vi a morte de perto e posso lhe garantir que ela não é nada bonita. Eu tinha apenas doze anos de idade, senhor. Era um garoto graúdo, de pernas boas de correr, com braços fortes e sem medo de nada até aquele momento. Doze anos. Eu vi um homem matar outro homem sem nenhuma razão aparente. Eu sei o que o senhor está pensando aí na sua cachola. Está achando que estou mentindo ou inventando essa história. Sei que está pensando que um menino de doze anos não pode ter muita certeza do que viu, não é mesmo? Eu sei bem o que eu vi. Vi gente que mata gente sem nenhum sentimento. Quando eu voltei a mim e as ideias começaram a ficar bem claras em minha cabeça, já tinham passado três dias. Todo mundo ficou ali parado, querendo ouvir essa mesma história que agora estou contando. Eu contei tudo o que tinha visto. O pessoal ficou muito impressionado com a minha coragem. Passei dias e dias repetindo a mesma história. Contei muitas vezes para as crianças, porque elas queriam saber como eram os fantasmas que eu vi; contei para os jovens, que riam quando eu dizia que tinha me borrado todo; contei para as meninas que queriam saber como eu tinha sobrevivido; contei para os adultos. Eles ouviram tudo com respeitoso silêncio durante os dias seguintes, até que o mais sábio entre eles contou que já havia sonhado com aquela cena muito antes de ela acontecer. Ele disse assim, meu senhor, "Os homens das grandes aldeias vão chegar, tirar nossa riqueza e nos humilhar". Dá pra entender, senhor? Eu também não entendi nada, mas o fato é que, nos dias seguintes, desmanchamos nossa aldeia e fomos para um lugar bem distante.

Acho que agora o senhor quer que eu fale de coisas bonitas, né? Não sei escrever bem, doutor. Posso lhe chamar de doutor? Acho bonita essa palavra. Ouço as pessoas da cidade chamarem assim homens como o senhor. Parece um sinal de respeito. É como chamamos as pessoas que sabem muito em minha aldeia. Eles não são doutores porque essa palavra não existe em nossa língua, sabe doutor? As pessoas que sabem, nós chamamos de "sábios" ou "velhos". Sabe outra palavra difícil? Dinheiro. Demorou muito pra eu entender o dinheiro da cidade. Passei um tempo grande até descobrir que dinheiro era uma forma de dominar as pessoas. O doutor deve saber bem do que estou falando e nem vou falar muito, porque pode ser que eu fale besteira. Não costumo falar de coisas que eu não sei. E, quando não sei, fico atrás de saber. O doutor quer que eu fale de coisas bonitas, de coisas que aprendi na aldeia quando era ainda criança, de coisas valiosas da minha gente. Não dá pra falar disso sem falar de como aprendi a me comunicar na *gíria* de vocês. Aprender a falar é fácil, doutor. Difícil é escrever. Acho que isso nunca vou aprender direito mesmo. Meu tempo de escrever já passou. Posso falar à vontade e, se o senhor quiser gravar, pode gravar, não me importo. Nem sei pra onde o doutor vai levar minha voz presa nesse treco iluminado. Sei que minha voz fica presa aí dentro. Que se dane.

Quando eu era criança, queria muito encontrar com os espíritos da floresta. Eles nunca apareceram pra mim. Ouvi muitas histórias dos seres encantados. Ouvi sussurros no meio da noite, coisa que dava arrepio. Nunca vi um único ser desses que eu ouvia. Por isso cresci sem medo de nada, era assim porque não tinha visto e eu sabia que só existia o que passava pela minha vista. Posso jurar, doutor, que nunca vi nenhum encantado durante toda minha vida. Acho que isso me desencantou também. Cheguei a duvidar das pessoas que diziam que tinham visto eles andando pela floresta. Eu ficava com pena de mim mesmo por causa disso, sabe? Parece que a vida é mais doce pra quem acredita em seres invisíveis. Sei lá.

Isso ficou muito pior um dia. Vou lhe contar como foi. Os homens barbudos que eu vi eram espíritos maus. Eu não vi neles bem algum. Eles chegaram à minha aldeia, doutor. Eram poucos homens, mas traziam o cano que cospe fogo, intimidaram minha gente, abusaram das mulheres, humilharam nossos jovens, calaram nossas crianças. Nossos velhos não puderem falar e terminaram totalmente vencidos pela fúria daqueles selvagens. Eu não estava lá no dia que aconteceu tudo, porque eu tinha ido pro mato caçar. De novo, saíra para agradar minha esposa. Sim, é verdade. Eu já havia me casado com a garota mais bonita da aldeia. Naquele dia, saí sozinho como gostava de fazer. Nossa aldeia era nova. A gente tinha construído ela para viver longe da profecia que dizia que homens maus iam chegar para destruir nosso jeito de ser. Nossos sábios perguntaram para os avós mais velhos o que deveríamos fazer e eles nos mandaram ao encontro dos homens maus. Não deu pra entender. Naquele dia, quando me aproximei da aldeia, vi que algo estranho tinha acontecido. Saltei o mais rápido que pude de minha canoa e me apresentei no centro das casas, e só então pude perceber que as coisas não estavam bem. Só ouvi lamentos, choros, gritos de pavor. Tentei compreender e corri para a casa de meus pais. Deparei-me com seus corpos ensanguentados caídos no chão. Meu pai ainda estava vivo quando eu pousei sua cabeça sobre minhas pernas, para perguntar o que tinha acontecido. Homens maus, ele disse, chegaram de surpresa e foram cuspindo fogo. Não deu tempo nem pra correr pro mato e salvar as crianças. Os poucos que conseguiram estão por ali espalhados, sem saber o que fazer, porque não têm liderança nenhuma. Meu filho tem que vingar essa covardia, ele disse. Como eu vou fazer isso?, eu perguntei, totalmente desanimado. Ele não disse mais nada. Vi um sorriso triste empalidecendo o rosto jovem de meu pai. Foi triste, doutor. Dor como aquela nunca mais senti. Posso dizer ao senhor que já senti muitas dores, mas aquela foi realmente uma dor muito doída. O senhor me entende, doutor?

Depois? Depois, os que restaram se reuniram para chorarmos juntos a dor da perda de nossos queridos parentes que partiram sem a honra de ter lutado. Nossa gente, doutor, tem honra. Ela não se importa de morrer, desde que saiba por que está morrendo. Desse jeito, no entanto, qual a dignidade de morrer? Espero que o senhor entenda o que estou dizendo, porque só assim o doutor irá compreender os motivos que me levaram a viver do jeito que vivo. Mas se não puder entender também, não ligo. O que sei é que meu sofrimento recolheu a falta que todos os que morreram deixaram. Eles me fizeram carregar um fardo que ocupa muito do meu sentimento até os dias de hoje. O rumo que eu tomar será para dar a eles descanso. Morrer sem honra é vagar sem chegar a lugar nenhum.

Quer saber mais coisas? Não tem problema, doutor. Posso falar o dia todo aqui, sem parar. Escrever eu não sei, como já disse. Escrever é coisa de doutor. Fui pra escola pra aprender a ler, a escrever, mas lá só aprendi a conhecer melhor as pessoas da cidade grande. Nada de útil a escola podia me ensinar, porque ela é de muito barulho e pouco silêncio. Já disse ao senhor que minha gente aprende o silêncio e não há outra coisa para aprender. Foi por causa do silêncio que aprendi a suportar a dor que meu peito sempre sentiu. Foi sim. Sei que as pessoas da cidade precisam muito da escola pra aprender conhecimentos para a vida. Na cidade dão muita importância para os estudos, mas não ensinam muita da vida na natureza. É como se as crianças não fizessem parte do mundo. O conhecimento dos livros não é melhor que o conhecimento da natureza. Mas quem sou eu pra dizer essas coisas a alguém como o senhor?

As poucas pessoas que restaram daquele dia se reuniram pra discutir o que fazer. Éramos pouco mais de dez pessoas, a maioria já velha e alguns doentes. Jovem mesmo, eu era o único. Escapei porque não estava lá. Tenho dor até hoje quando digo isso. Eu queria ter morrido doutor, queria mesmo. Quase morri de vergonha por não ter morrido naquele dia. As pessoas tentavam me consolar, mas eu sabia que no fundo elas me odiavam porque eu tinha sobrevivido. Mas eu era um braço forte pra elas, por isso não me mandaram embora pra sempre. Tenho mágoa, doutor. Muita mágoa por causa disso. Não fugi porque jurei sobre o túmulo de meu pai que iria cuidar dos sobreviventes. Eu era a única chance de eles sobreviverem um pouco mais e queria me redimir pela minha covardia. Chegamos, depois de alguns dias de caminhada, a uma aldeia amiga. Era outro povo, outra gente. Eu não os conhecia, mas sua língua era parecida com a nossa. Eles nos ouviram e nos hospedaram. Disseram que podíamos ficar o tempo que quiséssemos. Eram pessoas de coração bom, doutor. Curaram nossas feridas, cantaram canções para aliviar nosso espírito, alimentaram nossos corpos, deram guarida pra gente e ouviram nossas vozes. Foram pessoas importantes para nós. Eu podia ter ficado lá, sabe, doutor? Podia ter me casado com uma linda jovem que olhou pra mim com admiração. Eu também simpatizei com ela, mas meu coração não estava pronto para isso. Minha cabeça ficava dando voltas, procurando entender o que se passara e como eu ainda estava vivo. Eu tinha visto os fantasmas. Avisei que eles estavam indo em outra direção. Quase morri de tanto correr. Eu estava vivo. Mas para que, se a morte era mais digna que a vida?

A resposta veio até mim vestida de preto. Um bom tempo depois, pois a gente tinha ficado morando na aldeia-irmã, apareceu entre nós umas pessoas estranhas. Dois homens, duas mulheres. Eles desceram do barco e se encaminharam até o centro da aldeia. Estavam todos vestidos com roupa preta. Os homens traziam um chapéu e as mulheres se cobriam com um pano preto e branco. Eu até fiquei com medo quando vi que as crianças da comunidade correram ao encontro deles. Eles as abraçaram e distribuíram presentes para todas, e elas gritavam fazendo festa. Os adultos choravam repetindo o antigo costume de dar boas-vindas aos visitantes com lágrimas. Os estrangeiros cumprimentavam a todos e ofereciam seus brindes; docemente, foram conduzidos ao salão onde aconteciam as reuniões. Curioso, fui atrás. Aquelas pessoas estranhas falavam na língua do nosso povo – a essa altura, doutor, a gente já tinha se tornado parte daquele outro povo e, embora não compreendesse toda a cultura dele, já éramos tratados como parentes. O nosso novo chefe nos apresentou, a mim e aos outros sobreviventes, pros recém-chegados, depois contou a história do massacre do meu povo. Nós choramos ao relembrar aquela cena. Os estranhos... Sei que o senhor deve estar achando confuso eu chamar de estranhos aquelas pessoas que eram muito conhecidas por ali. É que, para mim, aquilo era novidade, e eles eram muito parecidos com os fantasmas, embora tivessem duas mulheres junto. Eu fiquei me perguntando o que eles faziam ali tão longe de suas aldeias originárias. Eles falaram, então, que haviam ouvido vozes que os mandaram para cá o mais rápido possível. Eles queriam ficar ali para melhor nos proteger dos fantasmas. Eu pude entender que eles falavam de colocar ali uma igreja, onde pudessem ficar pra sempre entre nós. Todo mundo logo acatou. Eu fiquei desconfiado, tão desconfiado que passei a segui-los onde quer que fossem. Foi assim que descobri que eles falavam a mesma língua dos fantasmas. Arrepiei de medo e corri para falar com os velhos da aldeia.

Os velhos riram de mim, doutor. Riram de minha inocência, acho. Eles disseram que já sabiam que eles tinham outra *gíria* e que a falavam quando estavam entre eles. Fiquei decepcionado, doutor. Eles eram fantasmas iguais aos que haviam destruído minha aldeia e os meus novos parentes os acolhiam sem problema. Eu me senti traído. Por isso fugi, doutor.

Sei que talvez o senhor não entenda direito. O quê? Entendeu? Consigo ficar feliz assim, hehehe. Tá bom, vou contar ao senhor por que me senti traído. Eu contei toda a história que havia vivido com os fantasmas, doutor. Não escondi nenhum detalhe. Achei que meus parentes estavam do meu lado e tivessem entendido tudo o que já tinha contado. Não consigo imaginar que alguém vá desdizer o que eu já disse. Meu avô me ensinou que a palavra não tem volta, ela só tem ida. Quando alguém quer desdizer o que já foi dito, é como fazer a palavra voltar pro começo. Isso não é possível, doutor. A palavra leva junto o coração de quem a usou. Eu havia dito que os homens eram maus, doutor. Eu vi eles matando seus próprios amigos e depois matando minha gente. Não eram as mesmas pessoas? Eu sei disso, doutor, mas eles vieram do mesmo lugar e por isso são irmãos. Igualzinho nós aprendemos na tradição, doutor: filhos do mesmo lugar são irmãos. Talvez eu não seja muito bom do juízo, doutor. Talvez até tenha entendido tudo errado, mas o fato é que fugi, e fugi porque não podia conviver com parentes que aceitavam os irmãos que mataram minha aldeia inteira, minha família, meus avós, minha gente. Vou morrer com essa dor, o doutor sabe, né? Mas foi por causa dela que fiz o que fiz. Tá me dizendo que vai deixar um pouco de papel e caneta pra mim? Quer mesmo que eu escreva meus pensamentos nele? Acho que não sei escrever tão bem assim, senhor. Mas talvez seja bom fazer isso. Quem sabe assim eu até goste de falar sobre o que aconteceu comigo e com minha gente. Obrigado, doutor.

"Acho que não falei ao doutor que minha mulher estava grávida."

Eu achei que o doutor não queria mais me ouvir, mas acho que me enganei. Ao me oferecer um monte de papéis e caneta, me obrigou a parar pra pensar nos fatos ocorridos. Quando a gente só fala quase nunca tem tempo pra pensar. Sei que meu povo nunca precisou gastar tempo escrevendo suas memórias, mas agora estou só, e quando eu me for, ninguém saberá de minha história. Quem sabe as duas coisas possam caminhar juntas, né? Escrever o pensamento. Falar o pensamento. No final, acho que foi bom ter passado um tempo na escola dos fantasmas. Sei que ainda não falei sobre isso, mas quem sabe fale depois.

Vou colocar aqui o que penso do doutor também. Ele parece ser gente boa, mas um pouco confuso. Quer me ouvir falar sobre o que aconteceu comigo, mas não sabe o que vai fazer com isso. Também não me importo. Preciso é falar e, agora, preciso também escrever do jeito que sei. Se aquele moço não entender nada, sinto muito. Mas não como senti ao ter que deixar a aldeia dos parentes que me acolheram. É que fiquei muito decepcionado ao saber que eles não se importavam com a presença dos fantasmas vestidos de preto, que andavam mexendo com a cabeça das crianças.

Eu sou uma pessoa que não entende o que passa na cabeça dos outros. Aprendi desde criança que temos que cuidar de quem a gente gosta. Eu sabia que deveria cuidar da comunidade e por isso fiquei muito arruinado quando minha aldeia foi invadida e eu não estava lá. Queria ter morrido junto com eles. Não me canso de repetir isso, mas fico lembrando para não esquecer. Não quero arrancar a culpa que mora dentro do meu espírito. Quero que ela fique presa porque assim me mantenho vivo. Eu preciso honrar a morte dos meus parentes e da minha esposa e do filho que ela estava esperando.

Acho que não falei ao doutor que minha mulher estava grávida. Ela esperava nosso primeiro filho. Eu mesmo já sabia que seria um menino. É que sonhei com ele e até conversei com seu espírito num lindo sonho que tive. Minha esposa era jovem e tinha um sorriso misterioso. Ela não sorria apenas com a boca. Sorria com o corpo todinho. Era como se o corpo dela fosse todo cheio de boca. Tinha magia. Isso tinha mesmo. Era bonito de ver ela se mover pela aldeia. Era como mangueira balançada pela força do vento. Tinha leveza e doçura. Seria uma mãe maravilhosa!

Isso me abalou muito. Quando eu cheguei na aldeia e vi, ela estava estirada no chão. A barriga pra cima, e nosso filho se mexia dentro dela ainda. Foi horrível. Eu não podia fazer nada. Ela já estava morta e levou meu encantamento com a vida. O que me fez seguir adiante foi minha raiva. Meu filhinho morreu sem poder ver a luz do sol e nem conhecer o lindo sorriso de sua mãe. Isso, até hoje, mexe comigo. Nunca mais pude dormir sossegado. É como se meu filhinho – que morreu sem nome – viesse me cobrar, no sonho, a infelicidade de eu não ter morrido naquele dia. Talvez assim o doutor entenda por que eu fiz o que fiz.

Antes de contar o fim da história, eu quero dizer, mas é melhor escrever, que, depois que vi meus novos parentes conversando com os fantasmas, resolvi morar sozinho no mato. Me isolei completamente do mundo. Resolvi que não aceitaria a hospitalidade de outros parentes, de povo nenhum. Eu já tinha tudo o que precisava para morar sem ninguém. O conhecimento da arte da caça e da pesca era suficiente para eu sobreviver longe daquela loucura de vida. Só me restava o luto, a dor, a tristeza, a mágoa e a frustração como companhia. Eu devia ter morrido junto com os meus. Viver era doloroso demais para mim, mas ficava pensando por que os ancestrais se distraíram e me deixaram para trás. Ou teriam eles algum motivo para isso? Eu não sabia responder a essa pergunta porque acho que não acreditava mais nos ancestrais. O problema é que eles moravam dentro de mim, nos meus pensamentos bons e nos ruins; no meu sonho e no despertar, como se me lembrassem que eu precisava reagir, criar forças e lutar. Lutar? Lutar contra quem? Eu me perguntava. Contra eles mesmos? Contra mim? Contra os fantasmas? Não conseguia descobrir a resposta para essas perguntas. Talvez nunca venha a descobrir.

Vou dizer, sem nenhuma vergonha, o que eu fiz, para ficar registrado nesse papel que sou uma pessoa que tem sentimentos: eu chorei. Chorei muito e muitas vezes. Confesso aqui por escrito que pensei em tirar minha própria vida, mas nem para isso tinha ânimo. Ânimo é coragem. Logo, não tive coragem. Estava muito arrasado com os acontecimentos e acho que nunca vou conseguir voltar ao normal. Minha cabeça fica só procurando um jeito de reverter tudo o que aconteceu. Mas não sei como fazer isso. Fiquei sozinho no mundo. Meu povo não me ensinou a viver sozinho. Não tenho mais os velhos para me consultar com eles, não tenho mais crença nos encantados da floresta, não tenho mais uma mulher para me dar forças e nem um filho para me fazer sorrir, esperar, trabalhar e voltar pra casa. Não tenho mais casa. Estou só no mundo. Por isso eu chorei. Chorei muito e choro ainda hoje.

Sabia que o luto um dia tinha que passar. E foi para poder encontrar um rumo na vida que passei a planejar minha vingança contra os fantasmas. Foi por isso que resolvi aprender o mundo dos fantasmas. Com um pouco de esforço, aprendi a escrever as palavras no papel. Primeiro através do desenho e depois pelas letras. Não foi fácil, não. Foi difícil. Quase não conseguia.

Como eu conseguia os papéis? Eu pegava no escritório dos fantasmas. Eu mesmo virei um fantasma. Eles não me viam entrar ou sair do quadrado deles. Ia pela noite. Trazia um pouco por vez, pra não criar desconfiança. Barulho eu não fazia. Aprendi a andar como onça. Pintava meu corpo com o jenipapo e andava na escuridão. Ninguém me via, doutor. Foi assim que desenhei minha memória no papel. Desenhei os corpos mutilados dos meus parentes, da minha esposa e do meu filho que não vi nascer e que não tinha nome. Fiz isso para não me esquecer deles. Esquecer não é bom. Esquecimento faz a gente ficar sozinho no mundo, e sem origem. Andar sem origem é como caminhar à noite num céu sem estrela. No meu desespero, acabei ficando com medo de me esquecer daqueles que me mantinham vivo.

Vou escrever aqui como pensei o meu plano de vingança. Sei que aquele doutor vai querer saber sobre isso também. Vou contar aqui porque já estou cansado de ficar falando essa história. Pra falar a verdade verdadeira, não vou escrever aqui, não. Vou esperar para contar, porque eu sei falar melhor que escrever e não tenho certeza do que ele pretende fazer com isso que sei. Queria mesmo é ir para minha floresta, único lugar que é meu de verdade.

“Vejo que o senhor está carecendo de outro modo de ver as coisas.”

O que vou falar hoje, doutor, é para poupar o seu tempo e para não dar muita volta nas minhas palavras, mas eu preciso dizer que o mundo que o senhor conhece está cada vez mais na escuridão. Isso é possível enxergar dentro dos olhos de cada fantasma que cruza meu caminho. Está escrito no seu também. O senhor é um homem estudado, mas não é feliz. Até onde posso ver pelos trajes que usa, tem o que todo mundo quer: dinheiro. Foi o que imaginei. Seu corpo diz uma coisa, mas seus olhos contam outra a seu respeito. Desculpe a ousadia, mas são os olhos que detêm o que de fato sentimos. Eles revelam o que trazemos dentro de nossa alma. Se o doutor olhar para os meus olhos, o que vai enxergar? Nada, né? É que os olhos dos fantasmas só conseguem ver as aparências. O senhor olha para meus trajes esfarrapados, sujos, simples, e logo pensa que eu sou assim. Os olhos do doutor estão fechados para o que é essencial, e o essencial mora dentro da gente. Os fantasmas aprendem a olhar com os olhos da riqueza, da ganância, do egoísmo. Por isso não conseguem compreender o que minha gente vem vivendo desde os tempos mais antigos. Nossa gente não quer ter, doutor. Nossa gente quer terra. Não terra para chamar de sua, mas para se enterrar nela como parte do seu ser. Quando a gente mergulha na terra, a gente passa a fazer parte dela pra sempre.

Estou sendo violento? O senhor me desculpe, mas é assim que vejo o mundo dos fantasmas. Deve ser ruim alguém falar mal do mundo que a gente vive, né? É que o senhor não teve a oportunidade de conhecer nosso território, conviver com nossa gente, tomar banho no nosso igarapé, subir no pé de mangueira ou mesmo ver o céu iluminado sem nenhuma luz para atrapalhar. O senhor sempre esteve cheio de barulho e nunca aprendeu a ouvir o silêncio. É que o silêncio fala, doutor. Ele ensina muito mais coisas que os livros que o senhor possa ler. O senhor fez cara feia de novo. Parece que não está gostando do que estou dizendo, verdade? Não é isso? Então posso continuar falando tudo o que penso? Que bom, doutor. Vejo que o senhor está carecendo de outro modo de ver as coisas. Mostra que o senhor pode ser diferente dos outros fantasmas. Espero que não fique decepcionado depois. Não, a culpa não é sua. Sei que o seu mundo começou antes de o senhor chegar nele e que tudo já era desse jeito. Não estou culpando o senhor por ele ser assim, mas o senhor há de concordar que o seu é um mundo doente, não é mesmo?

Desculpe se pareço debochar do seu mundo. É que venho de outra realidade e não tenho mais nada a perder. Seu mundo me fez perder tudo que eu tinha e que podia chamar de meu. O meu mundo morava dentro de mim e me dava muitas razões para viver. Tudo nele estava organizado e as coisas seguiam seu rumo, seu destino. Sei pelos seus olhos que quer que eu diga como o meu mundo era organizado.

Bom, doutor, posso dizer ao senhor que há uma ordem no mundo que é dada pela natureza. Ela nos ensina como ter uma vida leve ainda que a gente precise enfrentar tudo permanentemente. Viver na natureza não é para os fracos. É preciso ser forte, valente, corajoso, atento e o mais natural possível. A natureza vai nos ensinando a falar com ela e entrar na ordem que vai permitir uma vida longa, como todo mundo deseja. Mas a gente sabe que até na natureza as folhas verdes podem cair da árvore antes das mais secas, porque há ventos fortes que podem chegar inesperadamente e carregá-las. Nenhuma folha verde deveria cair do galho antes do tempo. Mas a natureza é cheia de surpresas e, quando menos esperamos, somos surpreendidos e pronto.

Não é assim com a gente também? Quando menos esperamos o vento forte passa por nossas vidas e leva embora crianças, jovens, adultos no auge de sua maturidade. O certo mesmo é termos vida longa, mas nós não dominamos nada disso e ficamos dependendo da sorte. Se o senhor preferir, do destino, pode chamar assim também. O senhor sabe do que estou falando, né, doutor? Estou dizendo para o senhor que a vida da gente do meu povo vai se organizando para seguir o fluxo da natureza. A natureza fala, doutor. Diz coisas muito ricas e cheias de ensinamentos.

Meus avós ouviram dos avós deles que tudo o que precisamos saber está na natureza. Ela nasce sabendo tudo, nós, não. Meu avô dizia que somos, na natureza, os seres mais incompletos porque precisamos aprender como viver. Temos que construir nossas casas, nossas armas, nossas armadilhas pra pegar caça e pesca. Fazemos isso pra completar nossa incompletude. Nossa irmã onça, ele dizia, já nasce sabendo tudo o que precisa saber pra ter vida longa. Nós temos que aprender a nos defender da onça pra gente ter vida longa. Parece confuso isso? Não para nós, que vamos aprendendo a nos colocar na natureza como parte dela. Vamos apenas tendo que adaptar nosso jeito ao que ela ensina. Aos quinze anos eu já sabia tudo o que precisava saber para viver isso que os fantasmas chamam "cultura". Essa é uma palavra que eu descobri com o tempo. É que, aos quinze anos, eu já tinha todos os conhecimentos de caça, de pesca, das plantas pra comer e pra curar; já sabia escolher o material pra construir minha casa, minhas armas, meus objetos de uso pessoal. Quero dizer com isso que já trazia comigo todas as possibilidades de levar uma vida longa e feliz. Nada disso seria sem esforço, mas com alguma dedicação e cuidado, tudo já estava determinado.

Se é só isso? Sua pergunta parece estranha, mas eu entendo. O doutor deve imaginar que a vida precisa ser mais complexa, né? É que o senhor usa como modelo a vida que os fantasmas construíram para eles. Vocês não olham a natureza com os mesmos olhos que nós. Vocês aprenderam a ser donos dela. Quando a gente é dono de alguma coisa dá a impressão que tudo foi criado para servir a gente. Tudo fica menor e tudo pode ser explorado. É assim que fala, né? "Explorado." Explorar quer dizer que algo precisa ser utilizado para uso próprio. É achar que algo só passa a existir quando se coloca nome nele. De preferência, seu próprio nome. Depois descobri que as pessoas que exploram o ambiente da natureza com gana de se tornar seus donos também podem ser chamadas de "colonizadoras". Tudo muito estranho para minha cabeça selvagem.

Ainda não está satisfeito, doutor? O quê? Acha que isso tudo é loucura?

Como o doutor sabe mais coisas que eu, deve ser loucura mesmo. Mas o doutor já pensou que a loucura pode estar nos fantasmas?

Não precisa ficar nervoso. Estou apenas fazendo uma pergunta a partir do seu espanto. Confesso ao senhor que estou pensando essas coisas aqui e agora, enquanto o senhor está me dando oportunidade pra colocar meus pensamentos nas palavras. Não quero chocá-lo com esses pensamentos improvisados, mas também não quero deixar de dizer o que penso, porque sei muito bem que essas palavras podem ganhar o mundo e outras pessoas podem conhecer nosso pensamento. Não que eu me importe muito com isso, mas quem sabe ajuda, né?

“Desde criança
a gente aprende a sonhar.”

Estou aqui de novo escrevendo para aquele fantasma que quer saber a minha dor. Não dormi muito bem esta noite. Não sei dormir em cima de cama. Gosto de dormir no chão ou em rede. Neste lugar todo mundo é tratado como se tivesse os mesmos costumes. Ninguém leva em consideração que eu sou da floresta e que na floresta a gente tem outra forma de viver. A comida que me oferecem está cheia de veneno. Sinto isso no meu corpo, que sofre bastante com esse tipo de alimento. Sinto que não vou suportar muito tempo. Claro que aprendi a dormir em cima da cama também, com o passar dos dias. Não posso negar que há coisas boas no mundo dos fantasmas, mas a cama não é uma delas. O corpo da gente é como um graveto de bambu: se contorce. Ao deitar na rede, ele respeita seu formato. Na natureza, o corpo se conforma com o lugar onde deita. Nunca sente dor. Acho que nossa gente não costuma sentir muita dor no corpo porque não pede cama mole pra ele. Desculpe escrever isso, mas chega a ser engraçado. A verdade é que dormi muito mal a noite passada.

Não vou perturbar ninguém com esses assuntos mais. Afinal, o tal doutor disse que vai falar com eles a respeito do lugar onde estou dormindo. Quero só deixar escrito o meu desconforto. Eu agradeço de coração. Mas eu queria dizer... ou melhor, escrever, que hoje eu tive um sonho muito importante. Será que aquele doutor acredita em sonhos? Será que esse fantasma se aconselha com os sonhos?

Pelo espanto dele, quando falo coisas assim, já notei que o doutor não entende nada do assunto. Eu às vezes me esqueço que os fantasmas não se sentem parte da natureza. Meu povo, ao contrário, tem no sonho um importante aliado. Ele é uma porta de entrada para o desconhecido e, ao mesmo tempo, um aliado para nos dizer o que pode acontecer. Nossa gente aprende através do sonho. Se funciona? Claro que sim. Faz parte de uma conversa com nossa gente ancestral. Essa gente não precisa ter corpo igual ao meu ou ao seu. Eles podem se parecer com um animal, um pássaro, uma árvore ou uma pedra. Podem ter corpo humano, mas podem não ter corpo nenhum. Isso não é importante. O importante é o sonho e o que ele pode revelar.

Desde criança a gente aprende a sonhar. Não é o sonho como os fantasmas pensam que é. Eles costumam não ligar pro sonho dormindo, porque acreditam que é possível sonhar acordado. Aqui no seu mundo sonho é uma meta, lugar aonde chegar – riqueza, dinheiro, sucesso. Tá tudo errado. Sonho é sonho mesmo. É lugar de encontro. Eu queria contar meu sonho. Contar por escrito, já que talvez ele não se interesse em ouvir. Tanto faz.

No meu sonho, eu estava no meio de uma clareira na floresta. Era final do dia e os cantos dos pássaros já anunciavam que a noite estava se aproximando. Eu estava de cócoras tragando meu cachimbo. Não estava indo pra lugar nenhum. Estava apenas ali. Aos poucos foram chegando fantasmas de vários lugares. Eles me cercavam, mas não me tocavam. Eram muitos e vestiam roupas diferentes. Parecia que cada fantasma vinha de um lugar diferente. Havia mulheres também. Algumas tinham cabelos muito longos, como nossas avós ancestrais. Eles todos formaram um círculo ao meu redor, mas a fumaça do cachimbo me protegia. De repente, aves gigantes foram chegando e passaram a carregar as pessoas embora. Fiquei sozinho outra vez. Só então levantei a cabeça e vi que os fantasmas estavam flutuando como se tivessem asas. Acordei.

O que significa o meu sonho? Posso tentar escrever, mas não sei ser tão pontual como era meu avô, quando ele interpretava os nossos sonhos. Na aldeia, a gente tinha o hábito de contar os sonhos para os mais velhos tão logo a gente acordava. Não importava o tamanho do sonho ou a intensidade. O importante era o ritual que se repetia todos os dias. Nossos avós pediam que nós mesmos interpretássemos o que havíamos sonhado. Se a gente não conseguisse, eles ajudavam.

Depois que aconteceu a calamidade que destruiu minha aldeia e eu parti da companhia dos meus novos parentes, eu nunca mais pude contar meus sonhos para ninguém. Acho que essa é a primeira vez, em muitos anos, que divido um sonho com alguém, nem que seja em uma folha de papel. Antes eu falava sozinho, alimentando a ilusão de que seria ouvido pelo universo, pela natureza, pelos meus avós que viraram sementes. Mas nunca tive resposta. Então achei que o universo havia me abandonado pra sempre, ficando em mim a sensação de solidão que me acompanha até os dias de hoje, e que só vai acabar quando eu completar minha vingança.

O doutor não vai gostar do desabafo. Sei que ele vai preferir que eu apenas interprete o sonho sonhado. Vou tentar. Mas eu acho que eu queria tomar um bom gole de cachaça, mas também tiraram isso de mim. Não tem importância. Eu comecei a gostar de cachaça quando me aventurei pela cidade dos fantasmas. Quando deixei minha gente na floresta, vivendo na companhia dos fantasmas de batina, tomei o rumo da cidade. Queria saber o que tinha por lá de interessante.

Vou me concentrar em interpretar meu sonho para não deixar fugir da memória. Depois escrevo da cachaça que aprendi a gostar. Bom, não tenho praticado o entendimento dos sonhos, e não tive tempo de aprender tão bem, mas vou arriscar assim mesmo. Pode ser que não consiga ser muito verdadeiro com minhas palavras escritas, mas vou tentar.

A clareira é o lugar de suspiro da floresta. Há lugares assim por toda ela. A clareira é o lugar de captar as energias que vêm do alto. É um lugar de refúgio para mim. Ali eu sei que estou sozinho, mas sendo observado. Os vultos são como esses espíritos que estão em volta da gente. Podem ser bons ou ruins, e ambos são atraídos ou rejeitados pelo poder da fumaça que representa a conexão com Aquele-que-tudo-pode. No sonho, eu sentia a presença, mas não via os espíritos com nitidez, daí a necessidade de proteção. A gente nunca sabe se quem está chegando é bom ou ruim. Dá pra ter alguma noção quando levamos uma vida íntegra, mas há outros seres que não suportam a carga positiva que emana de outro ser e pode jogar sobre ele seus malefícios. Será que alguém sabe que é a isso que chamam feitiçaria? Será que o fantasma não acredita em bruxaria? Não tem importância. A cidade grande se acha muito estudada para acreditar nisso. Ensinam que só existe uma resposta correta pra a vida e a morte. Posso garantir que não. Há muitas respostas, todas elas corretas e incorretas. Depende sempre do lugar onde se está.

Retomando o sonho. Ele diz que eu preciso continuar soprando a fumaça do cachimbo para poder manter meu equilíbrio. Ele diz que forças maléficas querem que minha fumaça não suba para os céus. Fumaça aqui representa minhas palavras. As palavras são poderosas, sabe? Elas podem ajudar a manter o mundo equilibrado. O sonho diz pra eu não deixar de falar. Os pássaros? São espíritos ancestrais. Eles mantêm os corpos flutuando pra que não me atinjam e para que minhas palavras possam atingi-los. Enquanto eu soprar a fumaça do cachimbo, estarei protegido dos ataques inimigos. Preciso voltar a tragar meu cachimbo. Não posso esquecer de pedir que me devolvam o meu cachimbo. Quero meu cachimbo de volta pra eu poder encontrar meu equilíbrio que está se perdendo por esta cidade dos fantasmas.

PS: O tabaco que meu povo usa é muito puro. A gente diz que é uma planta de poder. Isso porque ele é da natureza, que está sempre repleta das forças de antigamente. Não é ruim usar quando a gente sabe que é parte da natureza. Nosso fumo é parte da memória. Entra no corpo para liberar nossa memória ancestral. Faz parte do encontro do espírito com o corpo. Só agora posso pensar assim porque sinto falta de acreditar de novo.

> "Na aldeia a gente não precisa esperar 'ser alguém' para ser alguém."

Obrigado, doutor. Foi revigorante poder tragar meu cachimbo. Na vida de aldeia a gente tem muitas coisas para aprender. Isso começa quando a gente é criança ainda. Começa no colo da mãe. A gente não se dá conta que todo gesto serve para ensinar. Mãe que carrega o filho perto do peito não é apenas para ter facilidade quando a criança tem fome, mas é pra que aquela pessoinha sinta a batida do coração e nunca mais perca essa lembrança quando se sentir sozinha no mundo, ou com saudades de casa. Basta baixar o ouvido e escutar o coração da terra. É o mesmo som, é a mesma mãe, é o mesmo cuidado. Desculpe se me emociono. Minha mãe foi morta pelos fantasmas. Dela só trago o tum-tum-tum do coração gravado na memória.

Bom, mas não é isso que quero dizer ao senhor porque já é muito sabido dessas coisas. Quero dizer é que a gente vai aprendendo desde que é bebê. Tudo ensina. Quando a gente cresce um pouco mais e começa a andar e a dizer algumas palavras, elas já são direcionadas pra mãe terra, pros outros seres, para o universo. A criança conhece a linguagem do universo mais que o adulto. Talvez seja por isso que nossa gente não precise ir pra escola aprender a ler, porque a natureza já nos dá tudo o que precisamos saber. É o livro da natureza que precisa ser lido, doutor. Todos os outros conhecimentos saem dela e para ela retornam.

O senhor sabe que depois da infância que precisa do colo e do peito da mãe vem a outra infância, que tem a ver com a necessidade de estudar coisas que vão nos ajudar a conhecer a floresta onde a gente vive, né? Nesse momento a gente começa a distinguir o perfume e os cheiros das coisas que nos cercam. Vamos descobrindo o poder de cada planta, árvore, pedra ou rio. É a hora de aprender a usar todos os nossos sentidos, porque assim podemos adentrar na natureza sabendo o que é preciso saber. Nossas mães nos ajudam a fazer isso, nos obrigando a mastigar raiz, beber suco, amassar a terra, arrancar toco, macerar planta, subir na árvore, distinguir as cores. Quando a gente não acerta, elas riem e fazem carinho em nossa cabeça. Nunca nos maltratam, doutor. O senhor já viu uma árvore bater numa árvore menor? Já viu uma onça castigar uma onça filhote? Não, né? Nossa mãe é como árvore, como onça. Ela faz e depois pede pra gente fazer. Dessa maneira a gente aprende sem que haja obrigação, doutor. Isso deve ser diferente do mundo dos fantasmas! Eu vi um homem matando outro sem motivo. Será que isso está certo?

Um dia chega a hora de sairmos sozinho pela floresta. Nesse dia as mães choram. Choram porque sabem que podemos não retornar. Choram também porque, quando a gente voltar, já não seremos mais crianças, e sim homens. Elas choram para se despedir do menino que está deixando ela para trás. Eu vi isso acontecendo, doutor. Vi isso acontecendo muitas vezes com meus parentes que eram mais velhos que eu, enquanto eu ia aprendendo com eles todas as técnicas de sobrevivência na floresta. Assim, quando chegasse a minha hora eu já estaria pronto pra enfrentar os meus medos e os perigos que ela me apresentasse.

Depois disso, a gente já está pronto pra casar e ter filhos, doutor. É, eu sei, parece muito cedo. Mas não para meu povo. Esta é a hora certa pra gente viver esse momento de muita felicidade. Na aldeia a gente não precisa esperar "ser alguém" para ser alguém. A gente já nasce alguém. Vai apenas desenvolvendo novos talentos enquanto cresce. Na aldeia a gente não olha para o tempo como nosso inimigo, mas como aliado da vida. Momento bom é o momento-hoje, doutor.

Claro que a gente fica triste, se lamenta, chora quando alguém de nossa casa adoece ou morre e silencia. A gente sabe que folhas verdes caem da árvore. Folha madura também. Ficar triste faz parte, mas a vida continua. Não, doutor, a gente não põe a culpa em ninguém. Se vento forte chega é sempre pra levar folhas frágeis embora. Não sei dizer de outra maneira essas coisas de tristeza.

Quando a gente casa é porque se quer criar uma família. Família serve pra continuar o mundo. Na natureza é assim.

Família é jeito de organizar o lugar onde se vive. É forma de ter mais gente pra vida ficar mais longa. Cada um acaba assumindo seu papel, pra que as coisas caminhem como devem ser. Se cada um cumpre seu papel, ninguém passa fome e ainda sobra para distribuir pra quem teve menos sorte na caça. Se cada um cuida do lugar como se deve, não falta lugar pra ninguém. É essa nossa maneira de ver a família, doutor. Sim. Lá a gente tem ritual de casamento, sim. Ritual é motivo pra celebrar. Celebrar é juntar gente pra lembrar que não podemos caminhar sozinhos por este mundo. Silêncio é bom. Solidão não é bom. É preciso celebrar quando duas pessoas se juntam pra formar família. Casar é aceitar uma regra. Uma regra que diz que você não pode ficar sozinho, nem achar que é melhor que os outros, ou que não tem responsabilidade com as pessoas à sua volta. Ao contrário, casar é aceitar que é preciso ser coletivo.

Sei que o senhor está pensando em como as coisas de seu mundo são diferentes. É, fiquei sabendo que as regras de vocês são opostas às nossas. Vocês se casam por interesse de juntar as riquezas se já tiverem. Se não tiverem, sonham acordados achando que poderão ter um dia. É pra isso que vão estudar nas escolas. É pra ser solitários que passam grande tempo nas universidades, aprendendo a como guardar dinheiro. O quê? Acha que estou exagerando, doutor? Devo estar mesmo. Não sei muito sobre o mundo de vocês, mas o pouco que pude aprender me mostrou que vocês enganam-se muito entre si. Mas não é disso que eu quero falar, doutor. A vida de vocês já sei que não está dando certo, por isso querem destruir as nossas vidas também. É assim que vocês sabem ser.

Sabe, doutor, a gente casava, na minha aldeia, pra juntar as forças e ter filhos pra continuar nossa memória. Nunca casamos pra ficar ricos. Isso é coisa de fantasmas. Agora o senhor quer saber como foi minha vida na cidade de vocês? Prometo que vou contar depois que der mais uma tragada no meu cachimbo. Este assunto não quero escrever não. Quero falar, se o senhor não se importar. Se não quiser ouvir também, tudo certo, não faz diferença. Pode gravar no seu celular bonito em que fica olhando o tempo todo. Se quiser, o senhor mesmo pode tirar dele e escrever. Eu autorizo, sim.

> "A gente vai findando sempre e, na medida em que vamos mergulhando na existência, já estamos caminhando para o fim."

A gente traga o cachimbo pra se conectar com o mundo ancestral. Sei que na cidade os fantasmas também fumam, mas fumam cigarro, e vocês não fazem isso pra se conectar com nada. É por vício mesmo. O doutor deve saber que o tabaco é uma planta sagrada, né? Tudo o que vem da natureza e é natural é bom. Meu povo foi aprendendo isso ao longo de sua trajetória. Nosso mundo é formado por forças que conversam entre si. Elas não se enfrentam, sabem existir juntas, dando oportunidade pra que cada ser possa entender sua passagem por este mundo. É, eu já escrevi sobre isso no papel, mas quis repetir com minha voz também.

O doutor deve saber que nós estamos apenas de passagem por aqui, né? A gente não é infinito nem imortal. A gente vai findando sempre e, na medida em que vamos mergulhando na existência, já estamos caminhando para o fim. Isso pode parecer trágico, mas não é. É assim. Não tem explicação. Tem ação. Depois que a gente se descobre parte deste mundo, a vida da gente passa a ser pura ação. A gente tem que agir para que as coisas ganhem sentido.

Sabe, doutor, pensando assim a gente se compromete mais com a nossa vida imediata. Quem vive pensando que vai ser eterno fica se iludindo e se escondendo atrás de uma vida pra além da vida. É isso que não entendo no mundo dos *karaí*, dos brancos. Eu acho vocês todos muito covardes, porque morrem de medo de viver e preferem se esconder atrás da vida eterna. Meu povo não tem muito essas ideias. A gente prefere pensar que a vida que a gente vive tem que ser plena nela mesma. Daí que é preciso viver cada instante como um presente que se recebe do universo. Como ser de outra maneira?

A vida na cidade é muito diferente, doutor. Ali a gente tem que seguir um modelo de vida que nem sempre condiz com a realidade, mas sobretudo, não condiz com a vida imediata de quem se diz superior a outras pessoas.

Quando eu cheguei na cidade, não trazia nada na mão. Minha cabeça estava cheia de mistérios, de dúvidas e medos, muitos medos. A cidade era, pra mim, um lugar estranho, mesquinho, violento e solitário. Mesmo rodeadas de gente as pessoas estão sempre voltadas para si mesmas, como se vivessem numa prisão. Prisão mental. Elas não olham para cima, mas para baixo, como se estivessem buscando a raiz de suas angústias. Ficam ouvindo vozes que saem de pequenos canos enfiados no ouvido. Mas não são as vozes das origens e sim estranhos barulhos a que chamam de música. Isso me assustou muito, doutor. Eu sabia que não teria a quem recorrer e teria que me tornar o mais próximo do que vocês são pra eu poder entender o que se passa pela cabeça doida de vocês.

Não, doutor. Não fiquei muito tempo. Fiquei o tempo suficiente para aprender as palavras de vocês. A escrita foi o que me ocupou mais. O pouco tempo que passei com os fantasmas de batinas foi o suficiente pra entender que a escrita ia exigir muito tempo de mim. Tempo que eu não teria. Tempo que não tenho. O que eu quero mesmo é cumprir meu destino, doutor. Preciso me juntar com meus parentes que foram mortos pela ganância dos fantasmas. Talvez só assim eu me livre das vozes que ficam martelando na minha cabeça, perguntando por que eu não estava lá no dia em que trucidaram minha gente. Juro ao doutor que eu queria saber quem foi o mandante de tamanha crueldade contra uma gente tão pacata, tão tranquila, tão inteira de si mesma.

A cidade, doutor, não é coisa pra gente como eu. E, com certeza, a nossa vida não é pra gente como o senhor. Sei que o doutor está pensando que o interesse dessa gente covarde não é aprender nosso modo de viver, mas tomar de nós o lugar onde a gente mora, onde a gente enterra nossos mortos, onde a gente se conecta com a natureza, nossa mãe maior. É um interesse pela riqueza, né, doutor? Preferem roubar o território físico que conhecer nosso território espiritual. Sabe o que acho, doutor? Vocês têm medo de aprender que estão só de passagem por este mundo. É um erro. Quando a gente descobre isso, a vida fica mais simples, sem necessidades tão grandes e sem tanta angústia. A vida fica mais leve e dá tempo pra gente se divertir, se alegrar, celebrar, cantar, dançar e tomar banho no grande chuveiro celeste. Eu devo ser selvagem demais pra não achar que ter riqueza material é bom. É que só sei pensar assim, doutor. Não adianta tentar me convencer de que o modo de vida dos fantasmas é melhor que o meu, porque, quando eu for para a viagem final, a natureza vai continuar a cuidar de minha gente do mesmo jeito que cuidou de mim. Só não cuidou de cuidar dos fantasmas, devoradores da alma dos outros.

Estou meio cansado de falar, doutor. O senhor fica só fazendo anotações aí e gravando minhas palavras nesse aparelho luminoso. Preciso descansar minha cabeça e ouvir no sonho a voz dos ancestrais. O senhor quer me ouvir falar mais? Só amanhã, doutor. Meu sábio avô dizia que, quando a gente fala tudo de uma vez, não dá tempo de fazer o outro pensar. Vá pensar, doutor. Amanhã tem mais. Prometo que voltarei a escrever meus pensamentos, para que não precise ficar o tempo todo me ouvindo. O pouco que aprendi a escrever me serve ao menos para colocar no papel uma memória que não vou conseguir deixar pra ninguém, já que meu único filho não conseguiu brotar para ouvir a sabedoria da natureza. Estou triste. Hoje vou dormir triste.

“Estou ficando entediado, aqui não tem vida. Tem cheiro de morte.”

Esta noite não sonhei. Achei que ia poder ter uma orientação dos ancestrais. Meu sonho está preso dentro de mim, como eu estou preso a esta cadeira, a esta sala, às palavras que tenho falado para os que me mantêm aqui.

Isso não é um desabafo. É o que é. Não sei quanto tempo posso suportar o que estou vivendo, mas busco forças dentro de mim para cumprir minha vingança.

Por que quero me vingar? Porque mataram toda a minha família. Porque estou sozinho no mundo. Porque não posso mais dar continuidade para meu povo. Porque sou o último que restou de uma grande família que era feliz e foi dizimada. Esperar pela justiça? Qual justiça? Fantasmas só olham para si mesmos.

Vocês fingem que existe uma justiça para fazer com que as pessoas não se rebelem contra o sistema que vocês criaram.

Justiça existe apenas para os privilegiados. Quando pergunto para um fantasma se eu sou privilegiado, ele imediatamente faz silêncio. É um silêncio que já diz tudo. Não sou privilegiado porque escolhi ser pobre de bens materiais. Escolhi viver na mata e falar com os bichos, os pássaros, os peixes, as árvores, os rios, a lua e as estrelas. Escolhi acreditar nos deuses ancestrais que ficam olhando pra nós e inspirando nossa vida simples. Meu privilégio é acreditar que a vida é simples, é presente, é celebração. Mas agora estou sozinho. Dentro de mim a única voz que grita alto é da vingança. Sei que o doutor vai pensar que vingança é coisa ruim. Talvez no vocabulário de vocês seja. Vocês acreditam que o mundo é povoado por gente boa e gente ruim e que todo mundo deve ser bom, querer o bem dos outros e viver uma vida serena e calma. Lamento, não é assim que as coisas são de fato. A dor que mora dentro de quem sofre uma injustiça sobrevive para sempre. Na cidade dos fantasmas dizem que a justiça é a única forma de fazer parar a dor. Mas nem sempre a justiça é justa. E, quando a justiça não é justa, sobra apenas a vingança. No seu mundo, as pessoas aprendem a superar a raiva porque a elas é prometida uma justiça divina. O deus que seu mundo cultua é menos guerreiro que no meu.

Será que alguém pode me dizer quando minha gente trucidada vai ter justiça? Eu sei: nunca. Nunca, porque sua justiça não é justa para quem a merece. Ela paira sobre os mais fracos, apenas. Vingança é o que nos mantém vivos. É o que mantém vivo aqueles que sofreram uma perda tão sem sentido.

Estou aqui porque fiz o que fiz. Mas o que fiz não é nem a metade do que quero ainda fazer para satisfazer minha sede de justiça contra os fantasmas que dizimaram meu povo. Estão dizendo que irão atrás dos responsáveis. Mas não vai ser fácil encontrar, já faz bastante tempo que tudo aconteceu. As leis dos fantasmas costumam deixar passar o tempo para amainar a fúria dos feridos. Querem que a gente esqueça. Eles vão atrás apenas para ouvir a mesma história. Acho que devem ir mesmo. Devem ouvir os irmãos de outros povos; ouvir os fantasmas que vivem fantasiados com roupas de mulher e falam em nome de deus; ouvir as mulheres-fantasmas que escondem seus corpos por vergonha; os políticos; as autoridades. Eles que falem de coisas que não sabem. Todos vão dizer que os culpados somos nós, que não temos conhecimento sobre dinheiro e sobre riqueza; sobre propriedade e sobre poupança; sobre planejamento e sobre futuro. Vão sair convencidos de que os culpados somos nós, que plantamos pra comer; que também só pra comer matamos os bichos e as aves; que pescamos os peixes e arrancamos as frutas do pé; que cantamos e dançamos para agradecer as bênçãos do universo; que pintamos nossos corpos para reverenciar os ancestrais. O senhor vai ouvir essa gente dizendo que não devemos estar onde estamos, pisar no chão que pisamos, lutar pelo que lutamos. Eles querem que a gente seja tratado como bandido quando são vocês, os fantasmas, que são os bandidos de verdade. Bem que meu avô dizia que uma história real pode virar mentira na boca de um bom narrador.

Veja, já estou ficando cansado de escrever. A escrita cansa minha cabeça e desvia meu pensamento do meu propósito. Além disso, estou com saudades de minha casa na floresta. Quero voltar a falar com o sol, com a lua; quero ouvir o que meu avô rio tem para me dizer. Talvez ele esteja querendo me convencer de esquecer minha vingança. A natureza faz isso também, sabe? Ela costuma nos aconselhar. Outro dia eu conto o que ela já me disse desde que resolvi deixar a floresta e vir atrás dos fantasmas que mataram minha gente. Um dia talvez eu escreva sobre isso. Agora preciso é sair deste lugar. Estou ficando entediado, aqui não tem vida. Tem cheiro de morte. E eu sei sentir o cheiro da morte. Pouca gente consegue fazer a diferenciação entre os cheiros da vida e os da morte. São muito sutis, mas que eles anunciam a chegada de uma ou da outra, ah, isso eles fazem. Eu não tenho medo de morrer. Viver e morrer nascem do mesmo sopro. Eu já quis morrer. Mas o sopro da morte ainda não me visitou. Não deve demorar muito, não. Estou marcado para morrer.

> “Quem sabe ler melhor, chega mais longe.
> Na cidade ou na floresta.”

Escrevi logo cedo no meu caderno: “Não quero ficar mais preso a este mundo dos fantasmas. É um lugar muito obscuro, ninguém fala com clareza e todos estão sempre contra todos.” É assim mesmo que me sinto hoje. Este quarto onde me encontro é muito frio. Sinto saudades de minha vida livre na floresta. Será que um dia poderei ser livre?

Meu caderno está ficando cheio de palavras que não sei se um dia poderão ser úteis para quem quer que seja. Já estou quase sem esperanças para alimentar meu coração e mesmo este senhor, que tem conversado comigo... conversado? Na verdade, ele não tem falado muita coisa. E mesmo ele parece, algumas vezes, não entender o que estou dizendo. Ainda não sei quem ele é, nem qual o papel dele nessa história.

Hoje ele não veio falar comigo, mas deixou por baixo da porta um envelope com um papel escrito. Nele havia algumas perguntas e um pedido de desculpas por não poder falar comigo. Antes de ler o papel, olhei longamente para ele tentando imaginar o que havia.

Na escola dos fantasmas se aprende a ler e a escrever. Eles acham isso importante. Talvez seja mesmo. Na floresta a gente lê o tempo para definir se o dia será bom ou ruim. Na cidade, as pessoas precisam aprender a ler as letras para chegar aos lugares. Quem sabe ler melhor, chega mais longe. Na cidade ou na floresta. Ler é desvendar os caminhos. Agora eu sei andar na floresta, porque sei falar a linguagem dela, e na cidade, porque sei decifrar as letras. Só acho que na floresta é mais fácil caminhar porque ela não dá saltos, não ilude, não engana. Ali a gente sabe exatamente o que irá acontecer e o que esperar.

Essa noite voltei a sonhar com meus ancestrais. Foi um sonho curto, acho. Nada muito revelador. Eles chegaram e foram embora sem dizer nem uma palavra. Me olharam com olhos frios, como se quisessem congelar minha mente. Fiquei arrepiado e com um pouco de medo. Medo é modo de dizer, porque não costumo ter medo de nada. Mas devo confessar que os olhos dos ancestrais me deixam amedrontado. Dizem que eles vêm do futuro, quer dizer, de um lugar de onde podem ver tudo, seja para trás ou para frente. Tenho um pouco de dúvidas, mas respeito o calafrio que sinto.

Lembrei do sonho porque fiquei olhando os papéis que aquele homem me deixou com palavras escritas. Como não tenho mais nada pra fazer, vou ler o que me deixou. Diz assim:

Meu caro amigo desconhecido,

Bom dia. Estive procurando palavras para descrever o que tenho aprendido com nossas conversas. Elas sempre me surpreendem. Não tenho conseguido falar muito porque suas palavras fortes sempre me inibem. Sou um fantasma para você. São palavras que fazem eu me sentir um derrotado e também me mostram que nós fracassamos como humanidade. Ao mesmo tempo, no entanto, sua fala tem me apresentado uma nova perspectiva de humanidade. Posso estar errado, mas seu entendimento de vida é o que se pode chamar de profético, porque ele nos oferece um novo paradigma de sociedade. Eu teria muitas perguntas a fazer, mas não quero e não posso interromper o seu pensamento, que tantas reflexões me tem causado.

Quero dizer que estou atrás de seu processo para saber exatamente do que está sendo acusado e mantido cativo neste lugar onde fica. Não é muito fácil fazer isso, porque não sou especialista no tema, porém, na medida do possível, quero elucidar o caso para que você, livre, possa sair dessa situação. O que tenho encontrado o coloca num difícil imbróglio jurídico. É por este motivo que ando mais ausente de nossas conversas. Tenho estado curioso sobre o que anda escrevendo em seu caderno de anotações. Não deixe de escrever, embora eu saiba que gosta mais de falar que de escrever. Bem, receba meu abraço carinhoso e, se puder, escreva um pouco sobre o modo de seu povo se relacionar com a morte, a maior angústia de todos os "fantasmas".

Depois que li essas palavras do "meu amigo", fiquei pensando no sonho que tive. O olhar severo dos ancestrais meio que estavam dizendo para eu abrir o envelope e ler a carta graciosa que eu tinha recebido. Então me sentei à mesa da sala, peguei o papel e comecei a rascunhar algumas palavras dirigidas ao fantasma amigo.

Nem posso dizer que fiquei surpreso com as palavras que ele me mandou. De alguma forma, eu já sabia que elas viriam mais cedo ou mais tarde. É que sonhei com a chegada de suas palavras. Sonhei de sonhar, não de desejar. Os sonhos antecipam o tempo que vai chegar. Eles trazem um perfume que comunica coisas boas ou ruins se aproximando do tempo presente. Cabe a nós distinguir qual é qual. O aroma que sinto agora, por exemplo, não me traz boas sensações e não me permite entrever um tempo equilibrado para este mundo que está se destruindo. O sonho traz o bom e o ruim. Nossa tarefa é escolher qual caminho seguir.

Não sei se o doutor me entende quando digo essas coisas, mas é o que sinto. No meu coração está dito que o mundo vai acabar. Só não sei se é o mundo físico ou é o meu tempo que está se esgotando. Neste caso, é o fim do mundo também.

Estou dizendo isso porque o doutor pediu pra eu falar sobre a morte. Acho que já falei sobre isso ao longo da nossa conversa, mas talvez não tenha ficado muito claro. Então vou escrever algo sobre isso esperando que as palavras acompanhem a velocidade de meu pensamento. Vamos lá.

Quando eu era criança, conseguia falar com a morte. Ela vinha brincar comigo no terreiro da minha aldeia. Ela era uma criança como eu. Eu sabia quem ela era, mas não me causava medo, porque me confidenciava que costumava não ter muito trabalho com as crianças da aldeia. Dizia que as crianças não corriam risco quando brincavam ou nadavam no rio, ou mesmo quando subiam nas árvores. O destino delas não era a morte, mas a vida. Também dizia que ficava feliz quando vinha buscar os mais velhos, porque sabia que eles já estavam prontos pra encarar o que ela poderia trazer. Os velhos, a criança-morte dizia, já viveram todas as estações da vida e precisavam seguir adiante.

Eu, inocente, perguntava pra onde os mortos eram levados. Ela sempre desconversava quando chegávamos a este ponto da prosa. Ela simplesmente erguia os ombros e dizia: "Tanto faz!"

O senhor pode achar que eu entendia o que ela dizia, mas eu não entendia, não. Apenas seguia o fluxo, percebendo os acontecimentos e vendo que minha gente não costumava sofrer com a morte de um avô, ou de uma avó. Nós apenas fazíamos uma cerimônia de despedida, para demonstrar o prazer da companhia deles durante as estações da vida. Restava pra nós a certeza de que a vida era mais importante que a morte. Que morrer era a consequência natural de uma longa vida. Tendo vivido muito, morrer era apenas um processo natural.

Com o passar do tempo, fui entendendo a fala da morte: "Tanto faz!" Não que não acredite em algo após a experiência de estar vivo. Apenas digo também: "Tanto faz!"

Sabe, doutor, querer viver para sempre é uma ilusão. Uma ilusão que faz sentido pros vivos, não pros mortos. Talvez por isso minha gente acredite que os seres encantados estão mais vivos que nós. Eles fazem questão de atravessar o portal do espírito e vir conversar com os vivos, deste lado de cá. Foram eles que nos ensinaram como fazer os rituais pra que este portal nunca se feche, mas, ao mesmo tempo, limitaram o acesso pra evitar o desequilíbrio entre os universos. A morte faz parte desses seres encantados que vivem nesse mundo paralelo. Ela me disse que lá não existe tempo. Nem anjos e nem demônios. Tudo é uma coisa só. É cósmico. É universal. Acho que as palavras não conseguem definir bem o que seria isso. Nossas palavras servem apenas para este mundo que costuma correr da morte como o diabo corre da cruz. Desculpe, doutor, força de expressão.

O que eu quero dizer é que minha gente reverencia o universo, sua ordem, seu equilíbrio. Por nos entendermos parte desse todo e acreditarmos que há mais vida para além dessa vida, ansiamos, ainda que sem pressa, atravessar o portal que vai nos jogar no coração da totalidade.

Quando disse ao senhor que desejei a morte lá no começo de nossas conversas, quis dizer que pedi ao menino encantado, o corpo dela no mundo dos vivos, que me abrisse o portal, pra eu reencontrar com minha gente assassinada. Ele me disse que era preciso viver minhas estações de vida e que eu não tinha culpa de nada. Tem vezes que os humanos não conseguem dialogar com eles mesmos e nem com os outros seres que habitam nosso planeta. Talvez seja por isso que os fantasmas se sentem poderosos, achando que são donos de tudo. Chegam até a acreditar que existe um plano de alguma divindade que os deseja ver ricos e poderosos. Justificam a injustiça de uns terem mais que os outros como vontade divina. Depois de ter vivido o que vivi, comecei a entender minha conversa com a morte encantada, quando eu era criança. Foi então que percebi a decadência de um mundo que não admite que o sentido de existir é também o sentido de deixar de existir.

Queria dizer também, doutor, que minha gente não sabe pensar difícil. Nosso pensamento é fácil, é leve. Fácil como o sol que nasce e leve como o vento que anuncia calmaria. Aprendemos a ser assim observando nossa mãe natureza. Ela ensina que a vida é como um rio que corre para mergulhar no mar. No meio do caminho, o rio vai encontrar muitos obstáculos, mas eles são apenas pra deixar o percurso mais emocionante. Desculpe, mas eu dei uma risada ao escrever isso. Esse pensamento saiu de minha cabeça agorinha mesmo e me fez rir, porque é assim que a natureza funciona e eu nunca tinha pensado nisso. O rio corre em direção ao mar, sabendo que encontrará obstáculos. E, como se soubesse que dentro dele há uma voz que chama, vai encontrando alternativas para não sair do caminho. Rio que para de correr apodrece, fica abandonado. Rio que segue, apesar das dificuldades, tem a recompensa de mergulhar no mar. O mar, o grande rio que representa o infinito. Morrer, doutor, é mergulhar no grande rio. É apenas a continuidade do caminho feito. Existe quem faça um caminho sem muito obstáculo, sem fazer muito esforço para chegar no mar; outras pessoas trilham um caminho mais árduo, mais difícil e sofrido. Algumas vezes, os caminhos são escolhas, outras, são necessidades, outras ainda, mistério. O final, doutor, é o mesmo mergulho no grande rio. Tanto faz!

> “Minha memória fica mais fresca
> quando escrevo.”

Devo ter causado alguma coisa ruim no doutor porque ele não veio me visitar depois que mandei a ele minhas palavras. Fico pensando se o povo fantasma tem algum tipo de dificuldade de olhar o mundo pelos olhos das outras gentes que vivem nesse mundo, porque costumam ficar mudos quando ouvem coisas que lhes parecem estranhas ou não cabem no modo deles de pensar. Tem muita coisa que não consigo entender também no mundo deles, mas não costumo me afetar demais, por entender que eu vivo no mesmo lugar em que vivem. Então, eles devem estar dormindo ou estão com os olhos vendados, ou mesmo cegos. É como se olhassem pra dentro de si mesmos e só vissem o que querem ver. Vez ou outra, parece, uma fresta de luz entra dentro deles e se assustam com o que veem.

É assim que sinto a ausência desse amigo-fantasma que está pelejando por mim. Ele some depois que falo ou escrevo algo pra ele. É como se precisasse de muitos dias para mastigar minhas palavras antes de voltar a falar comigo.

Já me acostumei com a solidão desse quarto-mundo em que estou confinado. Meu crime? Querer me vingar dos fantasmas que exterminaram minha gente, minha família, minha memória, minha alma. Mas já estou entendendo que não poderei fazer isso da maneira que eu queria, porque os fantasmas se protegem atrás de leis criadas pra eles não responderem por seus crimes. Os fantasmas são covardes, mas dizem que não. São medrosos, mas se armam até os dentes, seja com armas que cospem fogo, seja de leis que cospem regras. Não são capazes de enfrentar os crimes que cometem, jurando inocência até o fim. Isso vale para todos os fantasmas, mesmo sabendo que eles não são iguais como eu pensava antes.

Quando eu vi que os fantasmas trucidaram minha gente, achei que eram todos iguais. Com o tempo, fui vendo que eram mesmo iguais, mas tinham pensamento diferente. Uns corriam atrás de riquezas e, outros, atrás de trabalho. Quando entrei em contato com os fantasmas que falavam em nome de uma divindade, vi que tinham até boa intenção, mas queriam roubar a alma das outras pessoas, quando não acreditavam nas mesmas bobagens que eles acreditavam. Na minha cabeça isso foi se transformando num turbilhão de novidades, porque eu queria me vingar deles e, se possível, mataria todo mundo que não fosse minha gente. Descobri, depois, que também minha gente estava prisioneira das palavras macias que eles traziam na ponta da língua. Muitas pessoas que eu conhecia falavam a língua dos fantasmas. Seja a língua das palavras, seja a do pensamento. Minha gente passou a pensar como eles pensavam e a acreditar no que acreditavam. Teriam se tornado fantasmas? Nesse caso, eu teria que matar minha gente também?

Confesso que fiquei um tanto confuso no começo, mas depois fui entendendo como a sociedade dos fantasmas se organiza. Vi que nem todo mundo é ruim como os assassinos da minha gente. Tem gente boa, honesta, trabalhadora, simples. Conheci algumas dessas pessoas na minha passagem pela cidade. Algumas não, muitas. É que a aldeia dos fantasmas é muito grande e cabe gente de todo tipo. As pessoas nem se conhecem, nem se gostam, nem se admiram de verdade. Simplesmente vivem juntas e só não se matam porque há leis que vão tornando elas medrosas e covardes; vão perdendo a dignidade e vão aprendendo que precisam manter a ordem estabelecida por leis criadas por aqueles que as dominam com o poder do dinheiro, das divindades e do medo. Entendi que as pessoas inventam meios para conviver, mas não inventam igualdade, lealdade e honra. Tudo isso são apenas palavras que elas conhecem, nada mais.

Pra mim, o mais triste é que as palavras que usam pra amedrontar uns aos outros são, normalmente, macias e positivas. São sempre cheias de mensagens bonitas que não revelam o verdadeiro sentimento do coração. Ódio. Acho que é ódio que os alimenta, porque quando têm oportunidade ficam provocando uns aos outros com maldições e feitiçarias. É uma sociedade em que as pessoas se odeiam, mas dizem que se amam. Dizem isso uns para os outros, mas, no primeiro momento difícil, se deixam levar para o lugar do ódio. É muito complicada essa sociedade. Ela parece vazia de valores reais. Fico pensando se minha vingança é mesmo pra ser concretizada ou se devo esquecer tudo que vivi e voltar pro meu lugar na floresta, porque os fantasmas já estão se matando a si próprios.

Aqui estou eu divagando novamente. Minha sorte é que o papel aceita meus lamentos sem questionar e sem me odiar. Mas queria tanto que meu amigo-fantasma viesse me encontrar hoje! Preciso ouvir dele sobre o tal processo que segue na justiça pra eu poder sair desse quarto-prisão onde estou e que não me deixa nem olhar pra fora e sentir o cheiro da natureza, a força que me anima e me dá esperança. Neste momento, a única coisa que me deixa mais tranquilo é poder escrever palavras no papel e poder desabafar. É como se escrever me ajudasse a entender os acontecimentos de ontem e de hoje. Minha memória fica mais fresca quando escrevo.

Hoje voltei a sonhar com os ancestrais. Eles me diziam que vai chegar o tempo da minha libertação. Disseram que tudo vai ficar bem, depois que a tempestade passar. No sonho, eu estava no meio de uma clareira da floresta. O sol batia a pino e ofuscava minha vista. Quase me cegava, evitando que eu visse o que estava ao meu redor. Era como se quisesse que eu permanecesse ali por algum tempo. Aos poucos, a claridade foi diminuindo e eu pude ver que haviam outras pessoas perto de mim. Elas antes não conseguiam me ver também. Todos nos assustamos uns com os outros quando conseguimos abrir os olhos. Não conseguíamos falar. Depois disso, despertei.

Faz tempo que não consigo interpretar os sonhos que me habitam. Aprendi quando criança que os sonhos são caminhos possíveis para entender o que se passa com a gente. Já não sei se acredito nisso. Mesmo não tendo total convicção, sigo os ensinamentos dos antepassados. Eu nunca soube desafiar as crenças da tradição, ainda que não tenha acreditado cegamente nela. O que sei, com certeza, é que há mistérios que meus olhos de enxergar não conseguem compreender. Então é preciso, às vezes, fechar os olhos para ver com clareza. Pode parecer estranho, mas eu consigo compreender melhor as coisas quando estou de olhos fechados, amparado pela tradição. Isso parece uma contradição, mas o mundo que me habita não é tão lógico. Ou, talvez, tenha uma lógica própria, que foge à compreensão das outras sociedades. Nossa lógica não cabe na lógica dos fantasmas. Eles são retos; nós, curvados, circulares. O quadrado não dialoga muito bem com o círculo. Mas quem sou eu para dizer essas coisas e querer ser compreendido? Reconheço meus limites e minha capacidade de entender o mundo dos fantasmas. Azar o meu. Ou talvez, não.

O doutor precisa me desculpar se não posso falar sobre muitas coisas da tradição. Escrevo porque o senhor está pedindo, mas realmente não sei se está entendendo o que se passa na minha alma tão perturbada. Sim, eu lembro bem que pediu pra eu falar sobre as relações amorosas da minha gente, mas prometo que ainda irei falar com o senhor a esse respeito. Apenas preciso ter alguma palavra sua sobre minha situação, pra que eu consiga acalmar a ira que ainda toma conta de mim.

Eu quero e preciso sair dessa jaula em que estou pra respirar o ar puro de minha terra e beber a água pura dos meus rios. Preciso bater meus pés no chão pra buscar a cura das minhas dores e sei que só minha mãe terra vai poder gerar essa paz dentro de mim. Tenha dó de minha dor pra que ela não me transforme num monstro.

"Desconfio do amor como desconfio da mansidão do jacaré."

Logo pela manhã encontrei um novo envelope pardo jogado por baixo da porta. Era a letra do meu amigo-fantasma. Na carta, ele contava que meu processo ainda estava enrolado no alto escalão. Entendi nada, mas imagino que isso signifique que irei permanecer mais tempo isolado nessa prisão.

Depois o doutor disse que andou lendo meus escritos com muita atenção. Há muitas coisas interessantes ali, ele disse. Ficou intrigado como eu havia conseguido elaborar tanta sabedoria tendo vivido situações tão difíceis. Quer saber sobre o amor e sobre a sabedoria. Para quê saber essas coisas? Há tantas outras que se pode aprender ao longo da vida! Mas entendo a vontade do meu amigo em querer ouvir outras verdades para além daquelas que ele já conhece. Não acredito que vá fazer alguma diferença, mas sinto que devo isso a ele.

Pois bem. Vou escrever o que penso a respeito disso. Eu não acredito no amor. A sabedoria me fez pensar assim. Eis uma palavra que nunca fez sentido para mim. Só tive acesso a ela pela cantilena dos padres e freiras que iam e vinham da comunidade dos parentes que me acolheram. Falavam de um deus que era amor. Diziam que tudo era movido pelo amor desse deus. Eu achava essa pregação muito bonita, mas nunca me convenci da validade dela. Mas o que me deixava mais assustado é que eles diziam que era o amor que tinha que conduzir a vida das pessoas.

Eu tenho certeza de que o que move as pessoas são as necessidades de sobrevivência. Aprendi desde criança que não podemos ficar esperando chegar até nós as coisas que precisamos. Temos que acordar cedo para aproveitar a luz do sol, fazer as atividades comunitárias, ir para a roça ou para a mata atrás da caça. É assim que vamos formando nosso corpo e preparando ele para as tarefas mais duras e difíceis. Fazendo isso, as moças vão ficar interessadas em você, porque elas precisam de braços fortes para as empreitadas da vida. A escolha do companheiro nada tem a ver com amor, mas com a necessidade de sobreviver. As pessoas se juntam, doutor, porque precisam de companhia, de braços fortes para tornar a vida mais fácil. Inclusive para ser mais leve acompanhar o crescimento dos filhos que nascem dessa união. Nada disso tem a ver com o tal amor, espalhado por uma mente que quer controlar as pessoas.

Isso parece ser muito duro de ouvir, né? Reconheço que minhas palavras são fortes como pedra de rio. Não sei ser diferente, porque nunca aprendi a pensar diferente. Também não acho ruim pensar do jeito que penso. Afinal, é assim que a gente organiza a nossa sociedade e ela vem cumprindo sua sina desde muito tempo atrás, até onde a memória alcança. Nunca pensamos diferente. Talvez o nosso jeito de ser até se encaixe no conceito do amor que os fantasmas foram desenvolvendo ao longo do tempo. A gente respeita os companheiros, os filhos, os netos. Educa nossas crianças para serem desse mesmo jeito, formando uma teia capaz de unir o princípio e o fim. Amar deve ser isso. E se é isso, nós já o praticamos antes do deus-amor existir.

Da mesma forma, é isso que chamamos de sabedoria. Ela é apenas o jeito como se pode olhar para os acontecimentos e tirar deles algum tipo de ensinamento pra nos ajudar a viver a vida com alegria, satisfação e por longo tempo. A verdadeira sábia é mesmo a natureza. Ela vem antes de nós e vai continuar para além de nós. Cabe aos seres humanos observá-la para dela tirar o que precisam para se realizar ou realizar os objetivos da existência. É assim que vamos aprendendo e transmitindo essas mesmas coisas pras novas gerações. Nós não precisamos de professores, doutor. Na nossa forma de viver, tudo ensina. Se a gente não souber aprender, a gente não sobrevive. O objetivo da vida é que seja longa e feliz. Para que isso aconteça temos que andar atentos, pisar suave, saber criar uma trilha fácil de não se perder. Olhar o voo dos pássaros e desconfiar dos movimentos rápidos que fazem, ou de sua barulheira. Treinar os sentidos para que eles consigam interpretar os caminhos da natureza. Essa é a nossa forma, doutor. Não sei se é boa, mas nós havíamos criado uma vida bem tranquila e feliz até que o "amor" foi trazido para dentro de nossa vida. Amor é palavra suave, mas esconde violência, poder, disputa, entre outros sentimentos ruins. Desconfio do amor como desconfio da mansidão do jacaré.

“Há muita violência
em certos tipos de sinceridade.”

Sei que o doutor não deve ter gostado de tudo que falei. Faz dias que ele não aparece para me trazer alguma notícia sobre minha situação. As pessoas que estão aqui me vigiando já sentem pena de mim. Elas não dizem isso, mas eu sinto, pelo olhar delas e pelas conversas que escapam vez ou outra, sempre me colocando como assunto preferido. Ando um pouco desanimado com essa situação. Dá vontade de fugir daqui desta prisão e buscar resolver os conflitos de minha mente. Viver sozinho e lutar com meus pensamentos não está sendo nada fácil.

Hoje alguém veio me dizer que o doutor quer falar comigo. Nunca sei direito quem vem, porque aqui, para mim, todo mundo é doutor, gente estudada feito os religiosos que gostam dos fantasmas. Se eu pudesse matava todos eles, porque não são pessoas boas. Eu espero que um dia nosso criador,

Aquele-que-tudo-pode e criador do meu povo, volte e destrua o mundo que os fantasmas criaram. Tudo nesse mundo é errado. Sei que não posso pensar assim de forma tão amarga. Mas como posso mudar meu jeito de pensar se tudo o que eu vejo e escuto vindo dos fantasmas é movido pelo interesse de riqueza? Afinal, não foi por isso que mataram minha família e minha aldeia?

Sinto que vou chorar. Mesmo sendo um guerreiro nascido da dor, posso chorar. Da dor dos ferimentos do corpo eu não choro, mas as dores da minha alma não têm cura. O corpo padece por um tempo, mas a alma sofre para sempre, e é assim que sinto minha alma hoje: sofrendo para sempre.

Espero que o doutor que deseja falar comigo seja meu amigo-fantasma, que tem alma boa. Ele é sincero comigo. Sinceridade é um dom. Aprendi isso com meus avós, que, por sua vez, aprenderam com os avós deles. Ser sincero é um bom caminho para viver uma vida sem culpa. Eu sei que sempre fui sincero com as pessoas de minha casa e minha aldeia. Sempre disse o que eu pensava e ao mesmo tempo podia ouvir as palavras sinceras que dirigiam à minha pessoa.

Às vezes penso que entre os fantasmas que mataram minha aldeia também havia sinceridade. Eles são sinceros quando dizem que odeiam gente igual à minha. É que a sinceridade deles está amarrada no modo de vida que eles foram construindo. Eles realmente acham que odiar quem é diferente deles é uma forma de sinceridade. Há muita violência em certos tipos de sinceridade. E a sinceridade dos fantasmas é a pior de todas.

Parece que meus pensamentos andam perdidos, eu sei. Mas tanto faz. Estou alimentando minha vingança contra os fantasmas, tentando entender como eles organizam seus próprios ódios. É que eles falam de amor até mesmo quando estão invadindo terra, perseguindo pessoas, explorando outras pessoas que são iguais a elas. Acho isso tudo muito estranho, mas parece que acreditam que é importante ser desse jeito porque isso provaria que uns podem ser melhores que outros e justifica suas matanças e seus ódios. Depois de tudo eles podem se arrepender e morrer felizes. Vou ter que aprender o jeito deles de ser sincero.

Acabei pensando nessas coisas porque estou precisando voltar a falar com meu amigo-fantasma. Tenho coisas a dizer a ele, assim, na cara dele. Não quero ficar falando apenas através dessa palavra escrita porque escrever é, para mim, uma dor. Desenhar essas letras no papel não me fazem muito bem. Preciso, mesmo, pisar no chão da minha aldeia! Talvez lá minhas ideias fiquem mais claras. Por enquanto vou me distraindo com elas.

“Não importa o que vão fazer comigo. O que importa é o que eu fiz com eles.”

Eles me disseram que não estou preso, doutor. Que estou aqui detido para averiguação. Eles dizem que o que eu fiz foi muito ruim e que causou dores nas pessoas. Sei que estão sendo sinceros ao dizer isso, pois sei o que fiz. Mas também sou sincero ao dizer que o que fiz foi apenas repetir o que fizeram com minha família e parentes. Eles dizem que eu não poderia fazer isso, porque o crime que eu cometi fica mais grave. Eles devem ter razão, doutor, porque eu sou um selvagem e não consigo ver as coisas com os olhos dos fantasmas.

Mas, entenda, se eu fiz a mesma coisa que os fantasmas fizeram, por que que eu estou aqui nessa jaula e eles não estão também? É. Eu sei qual a resposta pra essa pergunta, mas também sei que a dor que atormenta uma pessoa é a mesma que atormenta a outra. A dor é a única verdade em que acredito, porque ela é igual em todas as pessoas. Meus queridos parentes foram sacrificados como se fossem bichos. Os fantasmas não tiveram piedade e os mataram todos. Meu filhinho ainda estava vivo na barriga da mãe quando eu cheguei, doutor. O senhor pode imaginar uma cena mais triste para um pai? O senhor pode entender por que precisei causar a mesma dor nos fantasmas? Não importa o que vão fazer comigo. O que importa é o que eu fiz com eles. De mim eles já tiraram tudo o que podiam, mas colocaram a sinceridade deles dentro de mim. É uma sinceridade caótica porque ela muda de acordo com a situação. Eu tinha um único medo, que era ser um fantasma como eles, doutor. Agora não tenho mais este medo, porque sei que já sou. Se me matam, matam a si mesmos. Matam um fantasma como eles. Para eles, sei que não é um problema, fazem isso o tempo todo, e foi essa a primeira cena que presenciei quando topei com eles na floresta naquele dia triste.

O senhor disse que leu meus outros escritos, doutor. Disse que andou viajando para outros lugares para buscar notícias do que lhe contei antes. Disse que encontrou pistas que provam o que eu falei. Isso deve ser bom, né, doutor?

Eu li aqui nos seus escritos que meu povo foi vítima de emboscada. Foi o que aconteceu sim. "Emboscar" é uma palavra muito significativa. Tem a ver com colocar as presas que desejamos abater dentro de um bosque sem saída. Para qualquer caminho que se movimente, a presa fica acuada. Não tem saída. Logo será abatida sem poder reagir. Foi assim mesmo que aconteceu, repito. E foi assim mesmo que eu fiz, doutor. Eu também acuei, embosquei, abati. Não tenho medo de dizer isso, doutor. Estou sendo sincero. Quem pode me condenar por dizer a verdade?

Eu já entendi que no mundo dos fantasmas dizer a verdade nem sempre é dizer a verdade. Isso também é sinceridade. Então, eu posso ser sincero sem precisar dizer a verdade.

Parte 2

> “Não posso decepcionar
> meu amigo sem nome.”

Doutor Salomão chegou à porta do fórum da comarca um tanto sem jeito. A estranha história do homem indígena que afirma ter assassinado uma família inteira lhe parecia um tanto inverossímil. Como uma pessoa com aparente dificuldade de entender a lógica ocidental teria organizado um crime tão perfeito assim? Parecia mais uma arapuca, armada contra o pobre coitado que estava detido na penitenciária há dias, sem que ninguém averiguasse o ocorrido ou dado qualquer assistência jurídica necessária para que ele fosse julgado de forma adequada. O doutor Salomão era um homem preto e sabia muito bem como a justiça trata as minorias. Ainda bem que fora chamado para tentar entender a situação daquele réu sem nome e sem identificação. Tudo o que se sabia de sua vida é o que ele próprio contou e escreveu, de forma muito elegante, sobre os temas que ele, Salomão, havia solicitado.

Era uma história fabulosa que poderia render um excelente roteiro de ficção. Era como se aquele homem o estivesse conduzindo para algum lugar perdido dentro de sua cabeça, fantasiado toda uma narrativa que, apesar de tudo, acreditava ser verdadeira.

Bem, mas não cabia ao doutor Salomão ficar especulando a respeito, e sim tentar encontrar o fio de Ariadne nesse emaranhado de apontamentos que, agora, fazia parte de um processo para pedir a soltura do indivíduo indígena que falava como um mestre de uma cultura ancestral, mas, ao mesmo tempo, articulava as ideias em torno dos saberes ocidentais de forma um tanto pragmática e lógica.

O doutor Salomão voltou ao hotel onde estava hospedado. Precisava de silêncio e calma para poder compreender aquela narrativa caótica que tinha em mãos. Sabia que não podia dar esperança ao seu cliente sem antes mergulhar de cabeça na memória dele e nas notícias que apareceram nos jornais recentemente. Cabia a ele fazer uma investigação completa para trazer à tona aquela história ainda mal contada.

O advogado, então, abriu seu notebook e passou a buscar notícias a respeito do caso. Vasculhou cada site dos maiores jornais, nas páginas dos aliados da causa indígena e no site oficial da Funai, mas quase nada encontrou que o ajudasse a entender a mente de seu cliente. É como se ele mesmo fosse o fantasma do qual tanto falava.

Decidiu procurar alguns pesquisadores da temática indígena. Afinal, sabia que os grandes meios de comunicação não costumavam dar notícias que fossem contra seus patrocinadores. Era mais fácil que ocultassem tais informações do que as trouxessem à tona. Sabia também que, no Brasil, qualquer debate envolvendo as minorias eram guardados a sete chaves, caso nomes das oligarquias regionais aparecessem no processo. Portanto, seu caminho tinha que ser o mais alternativo possível ou, ao menos, o mais discreto, e que não poderia levantar nenhuma suspeita sobre suas investigações. Tudo o que dizia respeito aos povos originários era tratado com menosprezo na mídia tradicional, que ainda fazia questão de desqualificar as minorias, minimizando a gravidade das ações de fazendeiros, grileiros, garimpeiros e de toda a elite do país. Salomão, sendo um homem negro, conhecia bem as mazelas da elite brasileira. O racismo contra indígenas e pretos era algo real e latente na sociedade e isso era duplamente perigoso naquele caso.

"Tenho que voltar a ouvir meu cliente", ele pensava, ao tentar entender a complexidade do que tinha em mãos, "mas também tenho que ouvir alguns especialistas da temática indígena para desvendar este mistério. Não sei se estou preparado para isso, mas, na falta de outra pessoa para assumir essa responsabilidade, cabe a mim levar o assunto adiante. Se vou ter forças para chegar ao final, não sei. Mas não posso decepcionar meu amigo sem nome."

“Ao ouvir o meu nome, o senhor teria que ser capaz de dar a vida por mim.”

A porta se abriu diante dos olhos do homem preso. Ele suspirou fundo antes de tomar a coragem de se levantar e seguir em frente. Ele não entendia direito o que estava acontecendo, mas seguiu sua intuição. Ela lhe dizia que algo importante estava prestes a explodir, algo que poderia esclarecer o motivo pelo qual estava ali. Caminhou lentamente em direção à porta. Depois dela havia um corredor. O carcereiro que veio buscá-lo indicou o lugar para onde deveria seguir. O homem anônimo obedeceu. No final do corredor havia outra porta, que se abriu. Só então notou um homem sentado em uma cadeira, a esperá-lo. Seguiu em sua direção e, sem estranhar sua presença, apertou sua mão.

– Doutor! O senhor está aqui. Finalmente posso olhar nos seus olhos para ver se há verdade neles.

Salomão ficou constrangido por um momento. Depois ensaiou um sorriso no canto da boca para descontrair o cliente.

– Obtive permissão para vir encontrá-lo pessoalmente. O juiz é muito duro e raramente permite que haja visitas pessoais neste lugar tão isolado do resto do mundo.

O acusado estranhou aquela informação. Nunca entendera que estava preso. Para ele, o que o havia colocado naquela situação não passava de um mal-entendido. Imaginara que seria fácil sair dali a hora que quisesse. Mas, diante dessa informação, quis saber detalhes.

Salomão abriu a mochila onde trazia centenas de páginas, a maioria delas manuscritas. O acusado reconheceu sua caligrafia. Isso o fez sorrir.

– Quer dizer que o doutor leu todas os meus garranchos? – ele perguntou, sem esconder seu contentamento.

Salomão apenas meneou a cabeça, confirmando. Depois seguiu organizando a papelada na mesa, sob o olhar atento do homem. Quando, enfim, terminou de arrumar todo o material, olhou para seu cliente com alguma desconfiança.

– Li, sim, meu caro. Li tudo com muita atenção, conforme disse que o faria nas cartas e bilhetes que lhe enviei. Não sou pessoa de descumprir o que prometo. Minha palavra é única e não costumo voltar atrás. Espero que as suas palavras sejam tão confiáveis quanto as minhas.

O homem sem nome sorriu com a sinceridade do advogado. Em seguida, fez uma pausa, como se desejasse falar algo muito sério. Salomão aguardou que ele continuasse.

– O doutor leu minha história. Tudo o que está dito ali não é mentira. É verdade. Mas conheço a história dos fantasmas e sei que eles precisam de leis para confirmar a verdade de uma pessoa, seja ela quem for. Não tenho medo das leis dos fantasmas. Elas nada podem contra mim, porque já perdi tudo o que tinha e agora só me resta o vazio. Morrer não é tão dolorido quanto se pensa, doutor. Ficar vivo dói mais, pode ter certeza.

– Eu acredito no senhor. Aliás, poderia me dizer seu nome?

– O nome é mesmo necessário, doutor?

– Nesta sociedade, é sim. Uma pessoa sem nome é uma espécie de fantasma: ela não existe. Preciso registrar o nome do senhor para que possa montar minha defesa. Pode me dizer?

– Não posso, não. Mas posso contar ao senhor como, no meu povo, a gente ganha um nome. Quer saber, doutor?

Salomão respondeu com um aceno de cabeça.

– Um nome carrega uma história muito antiga. Um nome não é um carimbo todinho novo. O nome tem alma. Na cultura a que eu pertencia – falo no passado porque não há mais nenhuma alma viva que faça parte dela, e mesmo a minha alma já está morta há tempos –, a gente era ensinado a respeitar o jeito de chamar cada pessoa. E oferecer o nome a alguém é sinal de confiança absoluta. Ao ouvir o meu nome, o senhor teria que ser capaz de dar a vida por mim. É por isso que não posso dizer meu nome: o senhor antes tem que merecer ouvir.

Salomão meneou novamente a cabeça, confirmando que entendera as palavras do cliente. Ele conhecia algumas histórias de povos africanos, seus ancestrais, que tinham essa mesma liturgia cultural. Mas sabia que precisava deixar que aquela pessoa à sua frente fosse lhe dizendo o que precisava ouvir.

– Agora que o senhor entendeu – disse o indígena –, posso contar como meu povo batiza suas crianças. Tudo começa antes mesmo da criança nascer e tem a ver com os sonhos. Sei que o doutor já sabe que nosso povo dá muita importância aos sonhos sonhados, não é mesmo? Pois bem. Quando a mulher engravida, ela deve ficar em silêncio nos primeiros seis meses. Ela não pode tomar banho sozinha, nem comer certos tipos de carne ou andar sozinha pela floresta, especialmente na parte da noite. Também não pode recusar de namorar com seu esposo. É o sexo repetido que faz com que a criança nasça perfeita e livre das doenças dos espíritos.

O homem fez uma pausa enquanto tomava um copo de água para molhar a garganta. Depois retomou, sob o olhar atento de Salomão, que ia anotando cada palavra.

– Depois de seis meses, a mulher procura o pajé da aldeia. Anuncia pra ele que está grávida e que quer dar um nome pra sua criança.

– Nesse momento, ela já sabe qual o sexo da criança? – pergunta Salomão, curioso.

– Ainda não sabe. Na verdade, doutor, o nome recebido é que dirá se o bebê vai ser homem ou mulher. Antes disso, nem mesmo o pajé sabe. O fato é que ela anuncia a gravidez. O sábio, então, examina a mãe soprando nela a fumaça do seu tabaco. É como se fosse uma confirmação e, ao mesmo tempo, um diálogo com o espírito da criança. Depois disso, o sábio vai até sua farmácia especial, que é a natureza, e tira dela uma erva pra fazer um chá que a mulher precisa beber.

– Ela bebe na mesma hora, diante do pajé?

– O doutor precisa saber esperar pra ouvir a história toda. Ficar me interrompendo só atrapalha.

O advogado percebeu que tinha praticado uma indelicadeza e pediu desculpas ao seu estranho cliente, fazendo um gesto para que continuasse.

– Depois que o sábio prepara o chá ele pede que a mulher volte daqui a três dias. Até lá, o chá vai "maturar" – é assim que se diz, né? – e o sábio vai conversar com o espírito da planta. É um ritual, o senhor sabe. O pajé acredita mesmo naquilo que está fazendo e por isso, ao amanhecer, ao meio-dia e ao entardecer, ele canta na língua dos espíritos para que o nome da criança seja digno, forte e ancestral.

O homem fez mais uma pausa, para mais um gole de água. Ele encarava o advogado, que, agora, parecia estar mergulhado nas suas palavras, anotando-as em seu caderno. Ao retomar, o cliente lança uma pergunta de chofre, despertando a atenção de Salomão:

– O doutor anota minhas palavras em seu caderno, mas não me diz como elas vão servir para me tirar desse calabouço.

O homem disse essas palavras com alguma cerimônia, como se estivesse... recitando uma poesia de Camões.

Salomão, pego de surpresa, ergueu a cabeça e estranhou a pergunta. Já ia ensaiar uma resposta, mas foi interrompido:

– Não precisa responder agora, doutor. Queria apenas ver se o senhor estava mesmo prestando atenção na minha conversa. As pessoas da sua sociedade costumam ter muito barulho na cabeça e se distraem com facilidade. Pelo visto, o doutor está ouvindo mesmo as minhas palavras.

Salomão riu de soslaio com a observação daquele homem que tinha uma intuição muito clara sobre a vida dita "civilizada".

– Voltando pra minha história, doutor. Depois dos três dias esperando, a mulher volta a procurar o sábio e recebe dele o frasco com o chá, que ela deve tomar por três noites seguidas, para que o sonho se repita. A repetição do sonho é a confirmação de que o nome sonhado é o certo pra criança que vai nascer.

– Nessa hora, ela já saberá o sexo da criança, então? – o advogado se apressa a perguntar.

– A mãe vai sonhar com qualquer ser da natureza. Pode ser um bicho, um peixe, uma árvore, uma pedra, um rio. O chá é que deixa ela se comunicar com o espírito dos elementos.

O acusado fez uma nova pausa, ao perceber que Salomão estava mexendo no celular. Um silêncio estrondoso baixou no ambiente, onde os dois encontravam-se sozinhos. O advogado percebeu o olhar de seu cliente e se apressou em explicar que estava verificando quanto tempo ainda tinham para aquela conversa.

Salomão aproveitou e deixou claro que era preciso que se apressassem na organização de sua defesa. O acusado o observou sem dizer palavra. Parecia mergulhado em uma lembrança antiga. Salomão o encorajou a terminar sua história.

– Já estou quase no fim, doutor. Sei que o tempo das leis é diferente do tempo da floresta. Como um homem da floresta, tenho outro modo de pensar, mas preciso ser da cidade neste momento, né?

Salomão balançou a cabeça, concordando com ele. O homem, então, continuou a falar:

– A mãe da criança toma o chá por três dias, antes de dormir. Se o sonho se repete nesses três dias, ela confirma de que o nome da criança é aquele mesmo e, assim, confirma também o sexo do bebê.

– Mas e caso o sonho não se repita? Ela terá que fazer tudo de novo?

– O sonho *sempre* se repete, doutor. É por isso que chamamos de ritual. Todo ritual serve pra manter a unidade de um povo. A criança, depois que nasce, vai carregar o nome de uma entidade da floresta, com respeito e cuidado. Não vai sair falando seu nome pra todo mundo sem antes contar como recebeu aquele jeito de ser chamado. Vai ter uma conexão ancestral com esse parente da floresta.

O advogado assentiu, demonstrando que havia entendido, após o quê, o acusado continuou:

– O senhor, doutor, pode me chamar de Peixe. Foi esse ser que me batizou. É com ele que tenho conexão. É por isso que sou uma criatura da água e, quando um dia eu quis morrer, fui até um igarapé pedir que me levasse embora, mas ele me disse que ainda não estava na minha hora. Tenho o maior respeito pela avó água.

Em seguida, Peixe silenciou. Salomão sabia que aquela era a deixa de que precisava para se despedir de seu cliente e, agora, amigo, uma vez que já sabia como chamá-lo. Despediu-se sem muita cerimônia prometendo voltar em breve com alguma novidade. Peixe apenas o deixou ir.

“Pelo sim ou pelo não, a minha vitória ou derrota será a comprovação de que o sistema continuará o mesmo.”

O doutor Salomão saiu da penitenciária dividido. Por um lado, sabia que havia ali uma pessoa completamente ciente de sua condição de indígena, de alguém que era de uma cultura definida, ainda que, àquela altura, aniquilada. Por outro, Peixe era um grande leitor da cultura ocidental e de suas permanentes incongruências e paradoxos. Em seu juízo, o acusado era, de fato, duplamente vítima do sistema, fosse pelo extermínio de seu povo, acobertado por uma política de Estado que sempre descuidou dos povos originários, fosse pelo estímulo que o sistema confere para os que são injustiçados: a vingança.

De qualquer modo, fazer a defesa do seu novo amigo exigiria muita habilidade e um profundo conhecimento da história da política para os povos indígenas do Brasil. O julgamento não seria apenas de um cidadão, mas também do sistema que gerou esse cidadão e o transformou em um criminoso.

"De qualquer forma, ainda há uma grande dívida a ser paga às populações originárias", pensou o jurista. "É preciso que eu volte também para minhas origens africanas, para entender o que este homem sofreu no corpo, na mente e na alma", escreveu em seu caderno de anotações. "Pelo sim ou pelo não, a minha vitória ou derrota será a comprovação de que o sistema continuará o mesmo", ele concluiu, antes de fechar o caderno.

"Migalhas."

Salomão tinha plena consciência de ser negro. Sua condição de advogado não lhe permitia negar sua origem. Ainda assim, sabia que deveria se manter atento aos discursos construídos a respeito da negritude, até porque não era exatamente o morador da periferia como a maioria de seus irmãos de cor costumava ser. Ter nascido com uma situação um tanto privilegiada dava-lhe alguma vantagem sobre os demais negros que conhecia tão bem.

A questão das cotas o incomodava. Não sabia bem o porquê, mas sentia em relação a ela um desconforto interno. Afinal, que tipo de país seria possível construir com uma política tão demagógica como a que estava sendo efetivada no Brasil? Havia justiça nisso? Não seria uma espécie de "cala boca" que o sistema dava nas lutas dos movimentos sociais?

Migalhas. Era assim que se referia aos programas de ações afirmativas do governo. Seu incômodo diminuía quando percebia que alguns dos bolsistas se mostravam competentes e faziam um belo trabalho, prestando serviços *pro bono* para pessoas desassistidas. Ele, mesmo não tendo sido bolsista, sentia-se ligado aos colegas de profissão que se organizavam para fazer a justiça valer para ambos os lados.

"Mas, que é muito desconfortável essa situação de desigualdade que impera no país, isso é", pensava o advogado, relativizando sua descrença no programa de cotas raciais, que até formava bons profissionais, mas depois não conseguia fazê-los ser absorvidos pelo mercado de trabalho com a mesma eficiência. A criação de mão de obra qualificada sempre redundava na falta de uma política que os valorizasse. Havia um exército de formados sendo subutilizados pelo próprio sistema que os formava.

Salomão buscou em suas anotações algo que havia sido escrito por seu cliente, o Peixe. Não encontrou, mas lembrava que tinha a ver com o tipo de pensamento que alimentava a sociedade ocidental e que obrigava a juventude a entrar no mercado de trabalho de qualquer jeito. Havia um discurso de busca de felicidade no tempo futuro, impossibilitando as crianças e jovens de viverem a liberdade de escolher. Elas eram obrigadas a optar por algo para fazer, sem mesmo poderem ter tempo para buscar sua verdadeira vocação. Havia uma pressa que lhes era imposta pela ideia de que ser feliz era ter coisas, bens materiais. Os fantasmas eram bons em detonar todos os sonhos de cada pessoa que chegava a este mundo.

Salomão riu dos pensamentos que o habitavam naquele momento. Por algum motivo que ainda não conseguia entender, seu novo amigo Peixe estava criando nele uma necessidade imperiosa de repensar seu modo de ver o mundo.

"Saudade."

Peixe não estranhou quando o carcereiro veio lhe trazer um envelope pardo. Aprendera a decifrar o sistema onde estava, o qual não lhe permitia encontrar seu advogado com a frequência que gostaria. Isso o incomodava, pois parecia que estava cada vez mais longe de sua vida anterior, quando podia andar pela floresta e sentir o aroma das flores depois da chuva. Como ele tinha saudade daquela época! Ele então se sentia completamente integrado à natureza e, por alguma razão, isso o levava de volta para o seio de sua comunidade original. Havia saudade em seu pensamento.

Saudade. Algo incomum ao homem que vive o tempo presente. Quem vive o presente não deve se ausentar do momento que está sendo vivido para pensar em alguém que não está ali. Qualquer distração é a certeza da não sobrevivência para quem vive na floresta. Os fantasmas costumam viver de saudade e até morrem de saudade. "Saudade pode levar à morte mesmo", ele pensava.

No entanto, vivendo a solidão daquele lugar, Peixe podia se distrair. Ali ele não seria atacado por uma serpente ou por uma onça brava. As pessoas que viviam naquela prisão só tinham a saudade como companhia. Por isso procuravam se manter vivas.

"Sistema doido este", ele pensava. "Os fantasmas criaram um mundo que se alimenta das dores, dos sofrimentos, das mortes diárias de seus semelhantes. Eles são conduzidos ao abismo todos os dias, sem se dar conta de que viver é apenas uma ilusão: a ilusão do futuro. Eu não me canso de dizer que o futuro é uma ilusão, porque sei que não existe um tempo para ser vivido além deste aqui. Nem mesmo o passado é uma realidade do momento. Mas ao menos a gente pode reviver algumas situações de ontem. Já o que vai acontecer amanhã é só uma possibilidade. Então, sentir saudade não é tão ruim quando estamos sozinhos e não precisamos caçar para comer, pescar para viver, assar os alimentos para nos manter. Também é uma distração usada pelo sistema para enganar as pessoas. Elas são manipuladas todos os dias de suas vidas vazias para manter o sistema funcionando. Compram coisas para convencer outras pessoas de que são melhores do que realmente são. Adquirem presentes caros, mas vivem desejando o futuro. Pagam, compram, vendem, negociam, declaram, prometem, juram e mentem apenas para engordar uma sociedade que os limita sempre mais, ainda que lhes ofereça ilusões. Os fantasmas são movidos pela ilusão. Gostam de ser enganados."

Peixe escreveu esses pensamentos após abrir o pacote cujo conteúdo era um amontado de imagens, recortes de jornais e revistas e trechos de leis. Acompanhando o volume, apenas um bilhete que dizia: "Peixe, leia e depois comente. Preciso que me convença de sua inocência." Era assinado pelo dr. Salomão.

"As leis são formas
de mandar nas pessoas."

Peixe levou alguns dias para olhar todos os documentos que Salomão lhe enviara. Uma boa parte deles, ele não entendeu, e por isso teve que reler o material outras tantas vezes. O doutor Salomão contava com seu apoio para fazer bem sua defesa. O indígena não queria decepcionar o moço que aceitou defendê-lo, ainda que não soubesse exatamente do que era acusado.

Em um dos documentos, grifado com caneta amarela, lia-se: "Art. 231. São reconhecidos aos índios sua organização social, costumes, línguas, crenças e tradições, e os direitos originários sobre as terras que tradicionalmente ocupam, competindo à União demarcá-las, proteger e fazer respeitar todos os seus bens."

Peixe levou a mão à cabeça, buscando compreender os significados das palavras ali grafadas. Tão autoexplicativas, elas não deveriam causar espanto em quem quer que fosse.

Afinal, a lei em questão se referia a um reconhecimento de que os povos indígenas são brasileiros diferenciados e como tal deveriam ser tratados.

Peixe baixou a cabeça para buscar na memória o entendimento do mundo dos fantasmas, pois estava cada vez mais convencido de que toda a organização da sociedade deles era um constante engodo sistêmico, que conferia poderes de uns sobre outros. A escrita da lei era tão clara que não deveria causar nenhum desconforto entre as pessoas, mas ele bem sabia que a realidade era diferente. Ao longo do tempo, vinha se informando sobre as brechas que as leis deixavam para que toda a sociedade ficasse dependente dos profissionais que delas vivem. As leis são crias de juristas que conversam entre si, apenas entre si. Depois convencem as pessoas de que são necessários para interpretar as pendengas jurídicas que eles mesmos criam.

"Bom mesmo era na minha aldeia, onde a gente resolvia as coisas olhando nos olhos de quem nos ofendia. A palavra dada vale mais que todos os documentos escritos. Mas entendo que essa aldeia dos fantasmas não foi criada para fazer valer a palavra. Se assim fosse, ela não mandaria em ninguém. As leis são formas de mandar nas pessoas."

Em outro documento Peixe leu a palavra "inimputabilidade". Na borda da página, havia uma explicação com a letra do doutor Salomão: "Inimputabilidade é a condição de uma pessoa que, não compreendendo os ritos de uma cultura, comete algum delito sem ter clara consciência dos seus atos." Peixe entendeu que isso não dizia respeito a ele, pois os delitos que ele cometera foram plenamente conscientes. Ele fez o que fez sabendo o que fazia. Ele não escondia isso de ninguém, era a satisfação de sua vida não ter deixado de se vingar do extermínio de sua gente ancestral. Ele não era inimputável e não admitiria ser tratado como um inconsciente de seus atos. Tinha mesmo orgulho de ter feito o que fez. Mas talvez desconfiasse que o jovem Salomão quisesse usar esse argumento como instrumento de defesa. Ele não iria permitir que isso acontecesse. Este era seu principal motivo para estar ali, tentando mostrar sua coragem, para que todos pudessem saber sua história, e os motivos que o moveram a se tornar o criminoso que eles diziam que era.

Para além dos laudos antropológicos, das mensagens manuscritas, dos vários documentos que estavam sobre a mesa, o que mais chamava a atenção de Peixe eram as imagens e as notícias do massacre de seu povo. Isso o deixava bem melancólico e de dentro dele renascia o desejo de ter morrido junto com os seus.

Cada vez menos o indígena sentia-se confortável com a vida na cidade dos fantasmas. É bem verdade que ele não queria ser ingrato com todo o tratamento que recebera enquanto estava se preparando para fazer este enfrentamento. Vez ou outra, vinha à sua mente os esforços feitos pelos fantasmas que o haviam ajudado a aprender a ler e a escrever. Essas pessoas eram, de fato, boas. Mas isso não poderia jamais levá-lo a desistir de ter feito o que realmente queria. Aprender o modo de vida dos fantasmas fazia parte da estratégia que havia montado em sua cabeça para que tudo saísse como deveria.

Salomão não conseguiria jamais entender o que ele havia feito e, ainda que houvessem mil motivos para o que fizera, ele não aceitaria que seu cliente se sentisse inocente, alguém que, em sua cabeça, apenas "dera o troco" nos familiares dos fantasmas assassinos.

"A lei do homem branco é só mais uma forma de se enganarem uns aos outros. Eles imaginam que a ordem que criaram os ajuda a tornarem-se superiores aos outros seres, mas esquecem que ela é apenas fruto de outras histórias que foram contadas a eles, com tanta firmeza, que acabou virando verdade. Eu sei disso porque também tinha certeza de que tudo o que me contavam sobre nossas origens também era fruto de uma história passada de geração em geração. Ao mesmo tempo que isso nos fortalecia, também enfraquecia. Há mais mentira que verdade nas histórias. Seus mediadores são pessoas que estão sempre buscando uma maneira de dominar outras pessoas. O que eu penso também não precisa ser verdade."

> "Afinal, qual crime
> havia cometido seu cliente?"

Quanto mais o tempo passava, menos Salomão conseguia chegar a alguma conclusão plausível. A legislação estava a seu favor, mas o crime cometido por seu novo amigo Peixe não podia ser tipificado por uma absoluta falta de provas de que ele havia cometido algum delito. Aquilo tudo parecia uma loucura. Ele já havia lido toda a legislação existente sobre os povos indígenas, do mais simples ao mais complexo documento, e nada conseguia descobrir que o levasse a alguma solução. Afinal, qual crime havia cometido seu cliente? O Estado o mantinha preso por uma simples confissão, na qual admitia um crime que o tornava uma pessoa perigosa para viver em sociedade. Mas qual sociedade? A sua, de origem, já não existia fazia tempo, algo fartamente comprovado por documentos que davam por certo o completo massacre de um povo que seu cliente insistia em chamar de seu. Por outro lado, a sociedade nacional também era sua, mas não o considerava assim, justamente por ele pertencer a um outro povo que, embora estivesse sobre o mesmo território, não era plenamente reconhecido.

Salomão estava numa encruzilhada. Já havia consultado outros juristas, seus colegas, mas não conseguia encontrar um caminho para que o Estado brasileiro aceitasse seus argumentos e soltasse Peixe, sem prejulgá-lo como um risco para quem quer que fosse. Como poderia fazer isso tendo diante de si a palavra do indígena, que jurava ter cometido atos violentos contra aqueles que considerava seus inimigos?

Talvez fosse o momento de voltar a conversar com seu cliente. Talvez houvesse coisas que ele ainda não lhe havia contado. Certamente um novo encontro poderia ser útil para esclarecer alguns pontos. E talvez também fosse uma boa hora para ouvir o que ele tinha a dizer sobre os documentos que havia mandado entregar.

O que ele não esperava era que Peixe se recusasse a recebê-lo novamente. Mesmo tendo feito todos os protocolos para que a visita fosse possível, seu cliente foi irredutível, alegando que estava num momento ritual em seu silêncio ancestral. Salomão teve que respeitar o tempo que seu cliente pedia.

Na sua última tentativa, o advogado recebeu um envelope. Sabia que ele continha os documentos deixados anteriormente com Peixe, os quais, agora, eram devolvidos com um pouco mais de volume.

Sem ter muito o que fazer, o advogado voltou para casa disposto a ler o que seu cliente havia lhe repassado. E a leitura o surpreendeu completamente.

"Ninguém foge do seu destino, doutor.
Ninguém."

"Meu caro amigo Salomão, espero que não fique muito zangado comigo por não poder recebê-lo nesses aposentos onde estou exilado há algum tempo. Não faço isso por mal. Eu admiro todo seu esforço em defender meu caso. MEU CASO. Mas qual é o caso que o doutor – preciso dizer assim – está realmente labutando em resolver?"

A pergunta o fez pensar por alguns minutos. Desde muito tempo já questionava se sua profissão era mesmo fazer justiça para os que, aparentemente, são injustiçados pelo sistema. Havia algo de muito errado nessa angustiante aventura de viver como se o mundo seguisse uma lógica impossível de ser compreendida em sua complexidade. Afinal, "existirmos, a que será que se destina?", como já cantara o poeta. Dentro de sua cabeça restava apenas a inquietação de estar fazendo um trabalho que realmente não tinha importância nenhuma para responder a essa ou a qualquer outra questão relevante. Nenhum livro que lera havia lhe dado qualquer sugestão que o levasse a compreender o sentido da vida. Agora, um homem simples, vindo de não se sabe onde, questionava profundamente a tal lógica ocidental e, portanto, toda a organização social, política, moral e espiritual que sempre considerara a melhor e mais desenvolvida de todas as formas culturais de viver. O que mais poderia acontecer? E foi pensando nisso que acabou adormecendo sobre as folhas de papel.

"Sei que não deve ser fácil acreditar, doutor, mas estou falando com o senhor aqui dentro de sua cabeça. Desde criança trago em mim o dom de viajar pelo mundo dos sonhos. Não foi um aprendizado fácil, mas o meu avô acabou me ajudando a entender os processos de controlar o sonho sonhado. Isso quer dizer que é um sonho induzido. O sonhador pode fazer um caminho e encontrar a alma dos outros seres e com elas dialogar. Foi assim que me contaram a história, e eu acreditei nela tão profundamente que consegui mesmo mergulhar nos mistérios do mundo. Sei que quando o doutor acordar irá se lembrar de muito pouco das imagens aqui registradas, mas posso garantir que são tão reais quanto o são os sonhos que alimentam nossa alma."

Salomão acordou de repente. Sentia ter mergulhado num estranho estado de êxtase. Não se sentia cansado, mas chamado a seguir por um caminho que estava fora de seu lugar-comum. Seus olhos estavam pesados e isso fez com que se levantasse de sua cadeira e o fizesse caminhar até a poltrona, na qual jogou o corpo como num delírio frenético e completamente surreal. Sua mente ouvia ecos que nela ressoavam.

"Como o doutor já sabe, toda minha família e comunidade foi assassinada quando eu ainda era jovem. Eu não vi eles serem assassinados, mas topei com os assassinos. Vi minha companheira estirada no chão e meu filho não nascido também dando seu último suspiro."

Salomão já não ouvia apenas as palavras, mas presenciava cada cena apresentada por aquele narrador. Sentia que seu corpo flutuava sobre a história contada e dores de que ela falava reverberavam em sua própria alma. Eram cenas realmente chocantes, nas quais se via a ação dos malfeitores sobre pessoas indefesas que apenas tentavam frear a velocidade das balas e facões com seus corpos, que caíam inertes no chão frio da aldeia. Os fantasmas não poupavam ninguém e ainda berravam impropérios contra os indefesos filhos da terra. Alguns chegavam a amaldiçoar a existência deles, gritando palavras negativas ou justificando que os estavam destruindo porque tinham interesses naquelas terras, ricas em minério e de grande valor para seus patrões. Também cuspiam sobre os corpos já inertes ou em franco sofrimento, numa luta desesperada para manter a vida.

O espírito do advogado vagava pela floresta a cada novo grito de dor que se ouvia. Ora era uma criança, ora um velho ou uma velha. Depois era um jovem que tentava reagir enquanto era degolado pela fúria de um ou outro fantasma. O resultado foi um verdadeiro massacre, com rastro de crueldade e mesmo sem nenhum sintoma de arrependimento ou culpa.

O espírito do advogado continuou a observar a cena e se deparou com a chegada de um jovem que acorreu para o local do massacre tão logo soube do acontecido. Estava transtornado e sua dor era possível de sentir pelos gritos lancinantes que deixava sair de sua boca. Eram gritos que revelavam não apenas um profundo sofrimento ancestral, mas também um amor profundo pelas pessoas que agora estavam sem vida. Salomão reconheceu no jovem as feições de Peixe e se compadeceu com sua dor.

Ainda em estado de sonho profundo, o jovem doutor Salomão teve a oportunidade de seguir os caminhos que Peixe tomou em seguida, que iam do desespero por sentir-se sozinho à resolução de se vingar dos assassinos de sua gente, demorasse o tempo que fosse. Resolução esta que foi se prolongando na medida em que o tempo passava. Agora o advogado já se deparava com um homem mais amadurecido e ainda insatisfeito com os rumos daquela pendenga jurídica que se arrastava sem nunca ter sido, de fato, resolvida. Os discursos oficiais sempre defendiam os coronéis do agronegócio, impedindo que os processos seguissem seu percurso natural e os mandantes fossem punidos.

Salomão lembrou que já tinha visto documentos segundo os quais os criminosos foram, aos poucos, morrendo de forma inexplicável, fosse por sumiço, acidentes naturais, como afogamentos, por exemplo, ou simplesmente adoeciam e em poucos dias estavam mortos.

Já em relação ao massacre dos indígenas, outros documentos sugeriam que não havia mais um caso a ser defendido, porque tais atos de violência, supostamente, haviam sido cometidos pelos próprios jagunços, sem nenhuma interferência de seus patrões. Não havia, portanto, nada que criminalizasse aqueles homens que se tornaram donos das terras antes habitadas pelo povo de Peixe. Caso encerrado.

"O doutor agora já sabe o que aconteceu. Eu me vinguei dos assassinos de meu povo. Matei um por um, usando a ancestral feitiçaria que minha gente sempre dominou. Eu entrei na alma deles e fui fazendo-os sentirem-se vazios. Ainda que a maioria deles não acreditassem nessa possibilidade, eu sabia que, no fundo, todo ser humano está sujeito às dúvidas da existência. Ninguém foge do seu destino, doutor. Ninguém."

"É o que o mundo dos fantasmas tem tentado fazer desde sempre, seja tratando o que não entendem como uma ilusão, seja tornando a realidade uma coisa sagrada e transformando ela em resposta para suas angústias."

Salomão acordou assustado. Algumas lembranças da noite aparentemente maldormida ecoavam em sua cabeça. Sonho ou realidade? Não conseguiria dizer naquele momento. Afinal, como havia ido parar no sofá? Não lembrava das coisas objetivamente e, por isso, ficava completamente desnorteado, tentando entender o que vivera.

O advogado foi até a cozinha e preparou um café bem forte para tentar se reanimar. Ao passar por sua mesa, viu o envelope completamente fechado ainda. Isso o intrigou ainda mais, porque tinha quase absoluta certeza de já tê-lo aberto e lido algumas informações nele contidas. Mas tudo estava difuso, turvo e nublado em sua mente. Preferiu não pensar naquilo antes de tomar um café, reforço necessário para despertar. Com a xícara na mão, ele se sentou à mesa para voltar – ou seria começar? – a ler o documento.

"O doutor deve estar um tanto desnorteado, achando que tudo não passou de uma noite maldormida, não é mesmo? Não estranhe porque isso é normal. No mundo dos sonhos, o tempo passa sob outra perspectiva, doutor. Não dá para simplesmente compreender o ocorrido usando a métrica de seu tempo, de sua mente, de sua cultura. É o que o mundo dos fantasmas tem tentado fazer desde sempre, seja tratando o que não entendem como uma ilusão, seja tornando a realidade uma coisa sagrada e transformando ela em resposta para suas angústias. É por isso que os fantasmas fazem arte, doutor. É por isso que eles criam os símbolos que dizem ser influência de outros mundos e de outras realidades para além da realidade que vivem. A arte é a linguagem do extraordinário na cabeça dos fantasmas. A arte é uma linguagem que se comunica com outros mundos, doutor. É o lado ancestral desta gente, que, entretanto, nega a memória de seus antepassados."

Salomão leu aquelas palavras, escritas com tanta convicção que duvidou serem ditas por seu amigo Peixe. Mas tinham a mesma lógica das faladas anteriormente. Carregavam a mesma sabedoria das explicações que sempre recebera do indígena. Na sua cabeça ocidental, repleta de leis e ordens, imaginar que o sonho que tivera não obedecia a tudo que havia estudado deixava-o inquieto e, de certo modo, infeliz.

"Minha gente já não é mais minha.
Ela pertence ao universo."

Peixe despertou com certa preguiça. Sua noite tinha sido agitada pela necessidade de conversar com Salomão. Olhou para fora e viu que o sol ainda não havia se levantado em toda sua plenitude. Era, portanto, ainda muito cedo. Sua prática diária de tomar banho para espantar os maus sonhos ainda continuava, mesmo que em contexto urbano e debaixo de uma dessas chuvas particulares chamadas "chuveiro". Ele sabia que adaptar seus hábitos de acordo com os da cidade era uma forma de sobreviver aos conflitos interculturais que sempre o acompanhavam. Ele teve que aprender ouvindo as mensagens dos sonhos, única prática que mantinha viva como parte da sabedoria apreendida de sua gente, agora destruída.

"Minha gente já não é mais minha. Ela pertence ao universo. Eu também. Agora está tudo certo. Já cumpri minha vingança do jeito que planejei. Tudo aconteceu do jeito que tinha que acontecer. Só preciso despertar o doutor que sempre esteve comigo, mesmo sem saber."

Peixe foi até o banheiro e deixou a água que caía do chuveiro banhar seu corpo já um tanto envelhecido. Tinha convicção de que seu tempo estava se esgotando. Precisava acelerar seus escritos para que o jovem advogado pudesse continuar a encontrar-se a si mesmo e aos ancestrais que o acompanhavam de forma tímida, porque ele mesmo não conseguia vislumbrá-los.

Depois do banho revigorante, Peixe se debruçou sobre a pilha de papel em branco à sua frente e passou a escrever novas mensagens para seu amigo advogado.

"Hoje estive em seu sonho para mostrar que é possível fazer um caminho diferente, descobrir outras formas de verdade, em nós e para além de nós. Entrei no seu eu mais profundo para convencer o doutor da ilusão que alimenta a aparência do mundo. A partir desse mergulho, sua alma estará aberta para seguir adiante e se encontrar com as verdades que estão contidas nas folhas e nas cavidades das pedras."

Ao ler essas palavras, Salomão estremeceu. Era como se estivesse conversando com um pai de santo, um xangô, um xamã. Sua razão não conseguia alcançar a grandeza das palavras. Peixe escrevia como se estivesse lendo sua alma. Cada palavra lida era uma chicotada no seu espírito. Como isso era possível?

"Feche os olhos, meu amigo doutor. Na dúvida, feche os olhos. Mas não se distraia achando que não deve estar atento. É para acontecer o contrário. Fechar os olhos para ver melhor e mais claro. Ninguém sonha de olhos abertos, e é quando a gente sonha que conseguimos ver as coisas com a mais pura beleza, mesmo aquelas coisas do nosso cotidiano, aquelas a que não damos tanta importância assim. São os milagres. Aí vemos as coisas como elas são."

Salomão exercitou as palavras do amigo Peixe. Fechou os olhos para tentar enxergar no escuro. Sentia poder ouvir as palavras do indígena como se ele próprio estivesse presente. O jovem advogado resolveu que iria experimentar aquela estranha loucura que o invadia, levado por uma absurda vontade de sair da bolha onde se encontrava, idolatrando, de certa forma, o sistema político e cultural em que vivia. Naquele momento tudo lhe parecia um encantamento pleno, algo que se apossava de seu corpo mesmo sem ter ingerido qualquer substância dessas que fazem as pessoas saírem de seu mundo. Como isso era possível, talvez jamais soubesse explicar, mas os seus instintos lhes diziam que não haveria outra oportunidade de mergulhar no impossível.

“Ao mergulhar na essência,
descobri a mim mesmo.”

Salomão varou aquela noite entre a leitura das palavras de Peixe e sua própria experiência sensorial, induzida por alguém que não estava por perto.

Suas leituras o faziam compreender as contradições do sistema neoliberal. Contradições que estavam inscritas nas próprias incongruências das leis. Sobretudo quando se referiam aos direitos das minorias sociais, que quase nunca tinham como defender seus interesses coletivos. Isso porque o direito trazia muita jurisprudência para o direito individual, privado. Por ela se podia explorar, expropriar, grilar ou mesmo comprar terras de grandes dimensões, sempre sob o véu da legitimidade, protocoladas nos cartórios criados pelo próprio sistema.

O direito difuso dos povos originários era completamente desqualificado e desprezado por não se adequarem à lógica da propriedade privada. E, mesmo situações esdrúxulas, como o caso do famigerado Marco Temporal, que estabelecia a data da Constituição de 1988 como referência para a demarcação das terras indígenas, comprovavam a manipulação das leis para garantir que o poder econômico, político e social continuassem nas mãos das mesmas pessoas para sempre. Defender os povos indígenas era entrar numa seara muito mais complicada do que se pode imaginar, porque dizia respeito à manutenção das estruturas de poder já devidamente instituídas na sociedade. Salomão já conseguia entender que a luta dos indígenas era uma luta inglória e condenada à derrota. Ainda assim, ficava se questionando de onde essa gente tirava forças para continuar resistindo tão bravamente, mesmo depois de tanto fracasso, tanta derrota, tanta negação sistêmica.

"Talvez seja por isso que há uma espécie de solidariedade social aos povos originários. Num primeiro momento, cheguei a pensar que se tratava de caridade das instituições para com eles. Agora estou convencido de que se trata de um chamado, um imperativo moral que se instala no peito das pessoas, atraídas pela possibilidade de aprender algo mais essencial na convivência com essa gente mal-entendida. Ao mergulhar na essência, descobri a mim mesmo", escreveu Salomão na borda de seu caderno, para não esquecer aquelas ideias que lhe foram sopradas ao ouvido por alguma força estranha que, agora, sentia brotar de dentro de si mesmo.

“Tudo passa. Até passarinho, passa.
Até beija-flor, passa. Até a vida, passa.”

Salomão não estranhou quando ouviu o convite para que ele fosse visitar seu amigo Peixe na penitenciária. Já havia se acostumado com a comunicação através do sonho e também já conseguia sonhar de olhos abertos, como se tivesse falando com alguém através de um ponto auricular. Ele continuava achando aquilo muito estranho, mas admitia que aprendera algo novo, inclusive novas formas de encontrar respostas para as suas muitas demandas na área do direito.

O convite recebido era muito imperioso e quase exigia sua presença com a máxima urgência possível. Ele deixou outros afazeres e se colocou a caminho da penitenciária onde Peixe ainda era mantido sob vigilância, mas sem ser considerado um elemento de alta periculosidade. Com o passar do tempo, o indígena conquistara a amizade dos carcereiros e dos outros presos, inclusive prestando serviços de cura entre eles.

O jovem advogado, através do método aprendido com seu cliente, conseguira articular de forma decisiva suas alegações aos juízes, para que relevassem a prisão do indígena, o qual, por sua vez, se negava a deixar a casa de detenção, afirmando que dali só sairia para se encontrar com seus familiares. A fala sempre comovia quem o escutava, tornando a vida na cela um tanto menos difícil e solitária. De qualquer modo, Salomão não media esforços para oferecer mais conforto e prazer para o homem que aprendera a respeitar e a ouvir com mais atenção e cuidado.

"Estou sempre aprendendo com essa pessoa", ponderava, quando alguém o questionava sobre sua dedicação ao cliente. "Ele está sempre um passo à minha frente. Antes de eu falar alguma coisa, ele já se antecipa, me lançando para pensar outros argumentos. O mundo, como nós o conhecemos, está em uma grande transformação. Aliás, como sempre esteve. A natureza é uma eterna mutação. Quando estamos conectados a ela, isso tudo vira natural e quase nada nos surpreende. Os homens brancos não conseguem enxergar essas mudanças, pois se sentem obrigados a acumular coisas, seja conhecimento, seja bens materiais. Acumular é a armadilha que nos prende ao vazio da própria vida", ele ouvira um dia Peixe sussurrar em seu ouvido. Ao perguntar como poderia ser diferente, o indígena respondeu de forma muito natural: "Não pode nunca ser diferente, porque para isso a história tinha que ser outra e agora é tarde para isso acontecer. As cartas já estão lançadas e nada vai conseguir desfazer isso. Agora é hora de jogar o que já está armado para a humanidade. Tudo passa. Até passarinho, passa. Até beija-flor, passa. Até a vida, passa."

Com essa ideia na cabeça, Salomão estacionou seu carro diante do prédio oficial e se encaminhou para a recepção. Ali já era aguardado por um oficial, que o recebeu com uma correspondência na mão. O advogado abriu o envelope e viu que era uma carta de soltura de seu cliente. Isso o alegrou num primeiro momento, mas, em seguida, o preocupou, pois sabia que não era este o desejo de Peixe. Ele sempre lhe dissera que sair daquele lugar era prendê-lo com a liberdade. "Os irmãos negros, quando receberam sua carta de alforria, se sentiram ainda mais presos a um modo de vida que não era o seu. A liberdade é mais uma prisão", ele havia lhe dito um dia. Sabia que ele estava certo em seu pensamento, foi isso mesmo o que havia acontecido com os negros quando libertados por uma lei que os marginalizava e os escravizava ainda mais. Essa foi a prisão que a liberdade lhes ofereceu. Salomão iria tentar fazer com que isso fosse diferente para seu amigo... caso ele quisesse.

– Ele tem alguma opção caso não queira sair daqui? – perguntou ao oficial.

– Não creio que o sistema vá querer que ele fique aqui. Ele anda mexendo com a cabeça das pessoas. Sua permanência aqui pode virar um caso de sublevação e isso o sistema não vai permitir que aconteça.

Salomão compreendeu a afirmação do oficial e argumentou que iria dizer isso a ele, caso seu cliente insistisse em permanecer naquele local. Em seguida adentrou ao recinto.

> “Ser humano é bicho
> que não deu certo.”

Peixe sabia que Salomão chegava para convencê-lo a sair daquele lugar. De sua parte, sabia que não havia como permanecer ali por determinação judicial. Tudo o que iria acontecer ele já havia sonhado. Ainda assim, pretendia encontrar alguma alternativa para que pudesse permanecer onde estava, pois sabia que o seu mundo já não existia mais. Também o mundo da cidade já não lhe interessava. Portanto, o mundo que morava dentro dele era como aquele lugar, uma prisão.

Fazia tempo que ele havia perdido a fé nos seres humanos. “Ser humano é bicho que não deu certo”, ele repetia para si mesmo. Talvez quisesse garantir uma desculpa para não querer fazer parte daquele mundo de aparências, de vaidades, de soberbas. Bastava ter um mínimo de conhecimento para se perceber que o projeto de ser humano foi um fracasso.

"Se houver mesmo um criador de tudo o que existe, ele deve estar muito frustrado com a criatura humana", se pegava pensando vez ou outra.

Mas talvez houvesse alguma centelha de divindade nisso tudo. Afinal, Salomão tinha uma boa alma, bem como muitos fantasmas que ele conhecera também tinham.

"O ser humano é ser diverso. Não é que nem ser onça, jacaré, macaco ou besouro. Eles podem até ter pequenas diferenças entre si, mas não ficam brigando para saber quem é melhor, maior e mais poderoso. Os bichos têm plenitude. Não se angustiam por serem do jeito que são. Apenas o bicho gente-fantasma tem a mania de se achar maior do que realmente é. Mas Salomão tem alma boa", concluiu.

E foi justamente nesse momento que o jovem advogado bateu à porta, escoltado pelo oficial que o recebera. Trazia nas mãos alguns envelopes. Seu rosto estava entre feliz e cauteloso. Tentou dar um sorriso, mas deixou passar, preferindo ficar mais frio que do costume.

– Vim trazer uma notícia boa e uma ruim para meu amigo Peixe – foi logo dizendo.

Peixe apenas o fitou, como a repreendê-lo pela frieza.

– Mas, antes de qualquer coisa, gostaria de dizer que tenho lhe ouvido no silêncio de minha cabeça e de minha alma. Com certeza já não sou o mesmo homem que você conheceu, meu amigo. Conhecer você foi um grande presente para mim e assim há de ser para todas as pessoas que puderem te conhecer melhor – ele iniciou, ao mesmo tempo com sinceridade e rodeando o assunto principal.

Peixe ensaiou um sorriso com a ponta dos lábios, mas não dava para dizer se era de satisfação ou desconfiança.

– O que quero dizer é que essa nossa conversa nós já tivemos para além da presença física. E, claro, tudo seria melhor se ninguém estivesse aqui e tudo pudesse ser resolvido assim, no astral – falou gesticulando cada palavra.

– Doutor Salomão é engraçado – finalmente falou o indígena. – Brinca com coisa séria e se endurece para brincar. O senhor está duro, doutor. Diga o que quer dizer de uma vez.

– Calma, meu amigo. Nem tudo precisa ser tão direto. Às vezes é bom a gente brincar um pouco, descontrair. Esse lugar já é suficientemente sombrio. Precisamos de leveza.

– O doutor está querendo me enrolar, parece. Vai, diz logo de uma vez. As palavras macias não servem para os momentos difíceis. Elas só deixam o ambiente mais tenso.

Salomão se assustou com o tom rude de Peixe. Isso fez com que ele fechasse o cenho e passasse a manipular os envelopes que trouxera consigo. Eram três, no total.

– Ainda antes de dizer o que preciso, queria também afirmar que foi um grande prazer trabalhar com você, Peixe. Aos poucos fui descobrindo meu próprio potencial, minhas raízes e minha identidade enquanto homem preto.

Peixe ensaiou um sorriso com a ponta dos lábios.

– A notícia ruim é que você está livre. Sobre você não pesam mais acusações a respeito dos crimes que diz ter cometido, pelo simples fato de eles não terem, de fato, ocorrido. Isso foi fartamente provado pela polícia e por mim mesmo, como poderá ver nos relatórios que estão neste envelope.

Não houve reação alguma do indígena, que permaneceu imóvel durante toda a fala do advogado.

Salomão aguardou um momento, esperando que Peixe abrisse o envelope, mas ele não abriu, dando a entender que o jovem advogado poderia prosseguir.

– Neste segundo envelope estão documentos provando que seu povo foi realmente assassinado por uma quadrilha de malfeitores que cobiçavam aquelas terras. Aqui dentro tem várias imagens aéreas feitas por satélites, mostrando que é uma terra rica em minérios, valiosos para a indústria de tecnologia, para a produção de microchips, nanochips e até mesmo para outras possíveis tecnologias que ainda serão inventadas. Se você acreditasse em futuro, eu diria que seu território está mesmo assentado sobre ele, o futuro.

Salomão disse isso com uma ponta de ironia, tentando arrancar alguma reação de seu amigo. O que não aconteceu.

– Neste mesmo envelope há imagens dos fantasmas, como você os chama, que assassinaram sua gente. O que deixou todo mundo muito impressionado é que todos eles, um total de dezoito pessoas, estão mortos de maneira inexplicável. A polícia não conseguiu encontrar ninguém que pudesse dizer as causas das estranhas mortes ocorridas. Todas elas foram registradas como suicídio, embora tenham ocorrido de diferentes modos. Todos os envolvidos não existem mais, e mesmo que você diga que foi o responsável por isso, não há prova material que o condene. Ou seja, não há motivo para mantê-lo encarcerado.

– Mesmo tendo sido eu que os matei, pra vingar o que eles fizeram com meu povo?

– Não adianta apenas dizer, meu caro. A justiça dos homens brancos é movida pela prova do ocorrido. Quando não há materialidade, não há crime.

Peixe ficou um minuto em silêncio, refletindo sobre as palavras do advogado. Depois se manifestou.

– A lei do homem branco é cheia de confusão. Prende quem é inocente e liberta quem é culpado. Condena quem rouba pra comer e deixa livre quem rouba milhões dos cofres públicos. Condena pequenos delitos, mas acaba tornando sem culpa os que matam, estupram, sequestram, perseguem e invadem.

Salomão balançou a cabeça em concordância. Não havia como negar a verdade das palavras de seu amigo. Ser advogado era, para ele, uma missão. Ele sabia que o sistema legal é cheio de privilégios, embora a lei fosse para todos. Sabia que dependendo do tanto de dinheiro que alguém possui, as brechas da lei podem beneficiar uns ou outros. Seu compromisso estava pautado na crença de que era possível criar um sistema legal onde todos fossem realmente iguais.

Seus pensamentos foram interrompidos pela fala de Peixe.

– Seu modo de pensar é nobre, caro doutor. Eu notei isso no exato momento em que o vi chegando a este lugar, pra defender uma causa perdida. Não sei se você vai conseguir cumprir sua missão, mas posso dizer que eu também aprendi algumas coisas lendo suas palavras e ouvindo seus pensamentos. Aprendi a fragilidade deste mundo. Aprendi que tudo está caminhando a passos rápidos rumo à destruição. Pessoas como você só comprovam isso. A bondade não é algo natural. Não existe bondade na natureza. Ela é implacável.

O ser humano, ao se distanciar dela, inventou a bondade, o amor, a solidariedade, a piedade, a caridade. É isso que torna o humano frágil.

Salomão estranhou aquele discurso num primeiro momento, mas havia aprendido a calar para que as palavras ocupassem seu coração. Ele sabia que o amigo estava certo ao fazer um paralelo entre o mundo em que ele havia nascido e crescido e o mundo ocidental, onde tinha sido forçado a viver. Leis haviam aos borbotões na sociedade brasileira. Eram tantas que ninguém tinha condições de conhecê-las em sua integralidade. Ele entendia que quem não fazia parte deste mundo desde sua gestação não iria conseguir compreender a complexidade de sua organização e das leis que o regiam. Do mesmo modo, o lado de cá não conseguiria jamais compreender o bem-viver dos povos originários. Eram duas realidades absolutamente paradoxais para a maioria das pessoas que foi educada a considerar a sociedade ocidental como uma única possibilidade de ser real, verdadeira e igualitária. Para isso, a solução inventada pelo sistema foi a desqualificação das sociedades originárias, a criação do discurso do atraso e da selvageria. Inventaram uma história que justificava a eliminação, a perseguição e o massacre dessa população indígena. Usaram a escola como instrumento de disseminação de preconceitos. Tudo isso de modo a encontrar uma boa desculpa para explorar o meio ambiente, invadir os territórios, deslocar grupos inteiros, criar políticas de assimilação, entre outras barbaridades. E isso tudo justificado por um conjunto de leis que defendia os privilégios dos poderosos.

– Eu fiquei muito indignado – disse Salomão – ao saber que as populações indígenas só foram reconhecidas legalmente como brasileiras a partir da Constituição de 1988. Como nossa sociedade perdeu qualidade por não ter convivido com os saberes da tradição desde sempre! Eu mesmo, quando criança, só ouvia falar dos "índios" de forma pontual, no dia 19 de abril. Ainda era obrigado a pintar meu rosto, cantar músicas ridículas e dançar em roda como se fosse uma ciranda. Nunca ninguém me ensinou a chamar meus irmãos indígenas por seus nomes reais. Incutiram na minha cabeça um apelido com o qual eu deveria tratar todos eles como se fossem iguais.

Peixe balançou a cabeça, concordando com o amigo. Deixou que ele continuasse a falar:

– É isso que mais me indigna nesse nosso país, sabe? Como passamos tanto tempo sem conhecer nossos irmãos da floresta, nossas raízes ancestrais; como não conseguimos apreender com eles as tecnologias da natureza, para não chegarmos nessa situação ridícula que vivemos agora, de ver o mundo acabar dessa maneira. E mais terrível ainda é ver que tem uma minoria, que comanda a maioria, sempre usando a mesma estratégia de domínio: o discurso religioso. Confesso, Peixe, que estou furioso com esse estado de coisas e, agora, passei a questionar também minha profissão de advogado, por ela ser usada para a manutenção do *status quo*, de um sistema que tem discriminado a maioria de nossos irmãos brasileiros e tornado-os sub-humanos, através de uma dependência econômica construída pelo discurso hegemônico da minoria podre. Milhões de pessoas passando fome em um país tão pródigo, tão rico, tão bonito! Como entender as razões que movem essa lógica?

Salomão parou de falar. Estava visivelmente emocionado com o que acabara de dizer. Tinha sido um desabafo, de algo que estava alojado em seu coração havia muito tempo.

Já Peixe parecia estar mais satisfeito com aquelas palavras, como se elas fossem extraídas de seu próprio coração. Ainda assim, sentia que o jovem tinha algo mais a dizer e, por isso, preferiu não interrompê-lo.

– Não sei para quem estou falando isso, mas fiquei feliz em dizê-lo. E digo mais: a sociedade ocidental é criminosa. Ela costuma incentivar a criminalidade para criar leis que punam os que são mais frágeis, enquanto os ricos e poderosos são cada vez mais inocentados. As leis estão aí para punir os inocentes e inocentar os criminosos. Sei que há boas e dignas exceções, mas alguém já disse que são elas que justificam as regras, as leis. Ou seja, é porque existem os bons – ou quem sabe, ingênuos – que as leis são criadas. E elas o são para que os maus justifiquem sua própria maldade e consigam punir os bons. Ou seja, está tudo errado. Ou, talvez, a vida não tenha nenhum sentido real. Tudo é pura ilusão.

O discurso proferido pelo advogado chegou ao fim. Seu rosto parecia repleto de felicidade. O de Peixe também. Os dois, enfim, se abraçaram.

> “Como meu velho pai dizia: melhor tarde do que mais tarde.”

Salomão se desvencilhou dos abraços de seu cliente para lhe entregar o último envelope que trazia. Tinha consciência de que aquele volume poderia representar algo absolutamente novo para seu amigo. Talvez por isso quisesse entregá-lo do modo mais impessoal possível, para que fosse uma relação entre advogado e cliente. O próprio Peixe percebeu a seriedade do momento e deixou que o ritual acontecesse do jeito certo.

– Tenho em minhas mãos um terceiro envelope, que preciso entregar a você. Nunca é fácil dizer sobre seu conteúdo, porque ele pode mudar toda a dinâmica de nossas conversas. Não sei se será bom ou ruim, apenas sei que será importante. Ainda assim, preciso entregá-lo, meu caro Peixe, para que você decida qual o caminho a seguir daqui a diante.

Após uma pausa, Salomão continuou:

– E por que ele seria tão determinante? Porque ele pode trazer uma nova relação entre as partes envolvidas nesse processo. A partir dele, a história há de mudar e aí vale dizer que isso se trata de uma nova história a ser escrita

Peixe ficou por um momento sem ter o que dizer. Embora fosse uma espécie de profeta, havia coisas que não podia controlar. Isso tinha a ver com as emoções que o habitavam e que se transformavam numa eterna contradição.

Salomão colocou o envelope sobre a mesa, sugerindo ao amigo que o abrisse para, finalmente, desvendar todo o mistério que sombreava aquele caso tão delicado, tão estranho, tão obtuso que agora fazia parte de todos os processos que estavam registrados na comarca. Não havia nada ainda registrado com aquela magnitude e, portanto, tudo agora fazia parte de uma nova narrativa, que por sua vez, a partir daquele momento, haveria de fazer parte da jurisprudência nacional.

E foi sob essa perspectiva que o indígena tomou em suas mãos o envelope. Sabia que ele continha algo que poderia determinar o começo e o fim de uma trajetória. Ainda assim, entendia que precisava tomar em suas mãos o processo que agora faria parte da história do país. Fez isso com alguma comiseração, ainda que entendendo a importância do gesto. Não que fizesse alguma diferença para sua vida, mas por saber que era determinante para a vida de seu amigo Salomão, única real preocupação que alimentava sua mente nos últimos tempos. Afinal, as relações entre eles haviam tomado conta de sua existência, tornaram-se responsáveis pela mudança de seu pensamento e de sua compreensão de mundo, de realidade, de paradigmas. Isso por si só era motivo para silenciar seu pensamento e seu coração, dando vazão a todos os sentimentos que habitavam seu coração de sábio. Pensar o mundo a partir dos jovens era, de certo modo, a garantia da continuidade da vida, a única razão de existir das futuras gerações.

Com esses pensamentos, Peixe abriu o envelope e retirou dele uma única folha de papel. Ela ostentava o timbre da União e, ao final do texto, a assinatura do presidente da República. Peixe intuiu do que se tratava e levantou os olhos para Salomão, que, a esta altura, soluçava como uma criança. Peixe sorriu ao ver a cena e ficou emocionado também. O documento dizia que a terra ocupada antes pelo povo de Peixe, e usurpada de maneira desleal, agora estava demarcada e poderia ser utilizada para usufruto absoluto dele, último sobrevivente de um povo extinto.

– Como meu velho pai dizia: melhor tarde do que mais tarde.

Salomão riu do comentário jocoso do amigo.

– Parabéns, meu mestre. Eu realmente não sei o que houve para que as coisas tivessem esse desfecho, mas parece que a sorte sorriu para você.

Peixe fez que não entendeu o comentário do advogado. Este procurou se justificar dizendo que um caso raro de acontecer acabara acontecendo contra todas as probabilidades.

– Pode ser raro sim, doutor, mas não impossível. Não posso dizer que estou contente, porque sei que muitos dos meus parentes indígenas não tiveram essa oportunidade. Certamente nunca vão ter. O mundo dos fantasmas não é justo. Nem é humano. Como dizia minha avó "aqui não se dá ponto sem nó". As coisas acontecem por interesses, por negociatas e falcatruas. Não tem nenhuma chance das coisas serem entendidas como deveriam. Se assim fossem, terra não tinha dono, matas não seriam derrubadas, animais não seriam caçados por diversão, não se furava a terra em busca de riquezas individuais, ninguém seria escravo pra servir outras pessoas, ninguém perseguiria os que pensam diferente. Meu povo nunca teria sido exterminado por conta da ganância de uns poucos.

Peixe deu um intervalo para beber um copo d'água.

– Eu recebo essa escritura, vinda da autoridade máxima do país que sempre maltratou sua gente originária, mas esse papel não faz a reparação de todos os danos sofridos por minha gente, seja ela gente-humana ou gente-floresta. Também não soluciona os problemas que ainda sofrem todos os povos indígenas desse país. E como sei que não será resolvida essa questão, só me restaria recusar tal documento.

Salomão arregalou os olhos ao ouvir as palavras de Peixe.

– Não quero que pense que sou ingrato, meu amigo. E é justamente para não parecer assim que aceito ele, sim, mas com a única condição de que você assine um documento onde esteja escrito que, quando eu partir desse mundo, essas terras serão doadas para o usufruto dos povos indígenas indicados por você.

– Acho que isso não será possível, Peixe. Não há, até onde eu saiba, nenhuma jurisprudência a esse respeito em nossa legislação. Creio que isso não seja possível, realmente.

– Meu amigo já demonstrou que sabe pensar com a cabeça dos sonhadores. Use o sonho pra buscar alguma alternativa. Eu sei que um dia você trará luz a isso. Nesse momento quero apenas sua palavra. O resto se vê depois.

Salomão prometeu empenho e aceitou a condição de Peixe.

“Perdão, meu amigo, é atitude nobre. Não acredito que um ser humano, sobre a face da terra, saiba, de fato, perdoar.”

Dois meses depois da entrega dos envelopes, Peixe se despediu da penitenciária onde havia ficado por alguns anos. Ainda que não quisesse fazê-lo, foi convencido a voltar para suas terras e ocupá-las definitivamente.

Sua despedida foi uma autêntica festa entre os servidores da carceragem. Houve momentos de alegria, discurso de despedida e até choro.

Peixe manteve a serenidade que lhe era peculiar. Disse poucas palavras de gratidão e se lançou porta afora, sabendo que se tratava mesmo de um adeus.

Salomão estava em frente à penitenciária, aguardando-o. Os dois trocaram um cumprimento apenas protocolar e entraram no automóvel que os conduziria de volta à terra ancestral. O homem indígena fez o trajeto quase todo em silêncio. O cenário de sua viagem o fazia rememorar antigos acontecimentos, deixando-o um tanto amargo. Salomão, por sua vez, dirigia o automóvel sem nenhuma pressa, pois sabia que as imagens seriam doloridas para seu amigo indígena. Ainda assim, aqui e ali, tentava puxar um fio de prosa, mas logo desistia, pois não via nenhum esforço do seu acompanhante em levar a conversa adiante. Restava-lhe apenas conduzir o carro para o lugar que parecia trazer amargas lembranças a seu companheiro.

Quando estava próximo a chegar, o velho indígena pediu que o advogado parasse.

– Logo, logo iremos chegar na terra onde passei uma parte linda e outra parte triste da minha história. A minha memória vai se abrir e, provavelmente, eu vou sofrer muito. Mas sei que é um caminho que devo fazer sozinho. Estou preparado pra ele.

Em seguida, olhando bem nos olhos de Salomão, ele continuou:

– Só quero que meu amigo cumpra sua palavra de transformar esse território no lugar para acolher pessoas indígenas de muitos povos. Que todos lembrem que aqui aconteceu um massacre, mas que o povo que aqui viveu está deixando como herança a terra que tanto amou.

Ele disse essas últimas palavras com emoção. Havia muito tempo saíra dali e prometera não voltar enquanto não tivesse cumprido a promessa de se vingar de todos os que haviam feito mal a seu povo. Sabia que seu tempo havia acabado e que sua promessa estava cumprida. Tudo feito na surdina, no silêncio e com a frieza que toda vingança precisa. De resto, tinha certeza que tudo havia chegado ao fim.

Salomão deixou seu amigo ficar ali o tempo que precisava, antes de retomar o último trecho da estrada. Dentro de si, também sentia um vazio que se avizinhava. Havia aprendido a gostar do jeito manso e pacífico de Peixe, ainda que pressentisse dentro dele um turbilhão permanente de sentimentos. Pensando nisso, sentiu compaixão de si, de sua sociedade, de sua história. Ficou imaginando se haveria perdão para tanta brutalidade praticada pela sociedade ocidental contra os povos subalternizados. Tinha quase certeza que não.

– Perdão, meu amigo, é atitude nobre. Não acredito que um ser humano, sobre a face da terra, saiba, de fato, perdoar. Perdão é mais uma dessas palavras criadas para amenizar a culpa de quem comete crimes. Acho que é mais fácil pedir perdão que perdoar. E alguém já disse que "quem bate esquece, mas quem apanha sempre lembra".

Peixe disse essas palavras e tornou a entrar no automóvel, seguido por Salomão. E não demorou muito para os dois chegarem à entrada do território indígena. Lá fora colocada uma grande placa, anunciando ser aquela uma terra demarcada. Peixe parou em frente à placa e ficou pensando nos dizeres que ela continha. Aquela era uma área demarcada e a entrada era proibida para os que não fossem daquele lugar.

– Se os fantasmas soubessem o que está por detrás de cada semente aqui adormecida – filosofou o indígena –, se tivessem o mínimo de sentimento de pertencer à natureza, se pudessem, uma única vez, se sentir parte dela, o mundo seria outro. Se um fantasma pudesse sentir em seu corpo os diálogos que a natureza faz o tempo todo, tenho certeza que o mundo seria outro.

Depois disso, ele adentrou no lugar de sua memória ancestral. Salomão preparava-se para ir atrás dele, mas, após trancar a porteira, ao olhar novamente, já não viu mais a presença de Peixe. Num primeiro momento não estranhou o sumiço repentino, mas, com o passar do tempo, um desespero foi tomando conta de seu juízo, até perceber que, na verdade, quem estava sozinho era ele mesmo. Por isso se apressou em ir até a casa-sede que havia sido construída na ausência do seu único morador. E foi ali que, de fato, confirmou suas suspeitas.

“Eu não tive uma boa vida, doutor. Tive a vida que me foi possível.”

Ao perceber que estava sozinho, Salomão notou que havia um papel sobre a mesa e, com muita sutileza, pegou-o em suas mãos. Sabia que ali havia uma última mensagem de seu amigo. E ela dizia:

> *Sabe, doutor, por muito tempo eu imaginei que meu povo era o único povo que existia na floresta. Eu não conhecia outra gente que não fosse a minha e todo o mundo ao qual eu pertencia era único, pleno e verdadeiro. Eu não tinha medo de nada, nem de ninguém, porque ter medo não era uma necessidade que se abatia sobre mim. Mas eu tinha respeito. Isso, sim, eu tinha. Respeito é uma virtude, uma força. É a única força que deveria morar dentro da gente. Ser valente não significa nada, mas ter respeito significa muito. Respeitar*

é saber olhar os outros seres com a altura que cada ser possui. Respeitar é andar com cuidado, sem pressa, sem esperança, sem saudade. É uma forma de reverenciar o lugar onde a gente pisa e cuidar pra que nossos passos não maltratem os seres que rastejam, que habitam as folhas caídas no chão, ou que se ligam entre as plantas. É preciso, doutor, saber caminhar por esse mundo sem deixar rastros de sua passagem, porque, no fundo, o desejo de deixar rastros é o desejo de construir herança e isso é sempre apego e vaidade. Hoje entendo bem o que a vida me ensinou quando me jogou sozinho no mundo. Não posso perdoar os que desgraçaram minha história, mas também não posso achar que tudo foi em vão, porque, no fundo no fundo, eu aprendi que precisava caminhar sozinho. Vou embora desse mundo sem saber se vou embora mesmo. Não sei se vou virar semente, se vou voltar passarinho, se apenas vou virar pó. Mas, quer saber?, nada disso é importante. A vida não é útil mesmo. Talvez apenas eu vá mergulhar no vazio de onde saí e de onde eu possa ouvir todas as coisas. Eu não tive uma boa vida, doutor. Tive a vida que me foi possível. Talvez eu tenha sido o resultado de uma semente que foi lançada, mas não vingou. A única vingança que minha vida pôde me dar foi aquela que se come fria. Tenha você, doutor, uma boa vida para que um dia possa ter uma boa morte. Adeus.

Este livro foi composto na tipografia Arno Pro,
em corpo 12/16,5, e impresso em papel off-white
no Sistema Cameron da Divisão Gráfica
da Distribuidora Record.